Kalendermord

Von H.C. Scherf

Thriller

Bibliografische Information der Deutschen Nationalbibliothek:
Die Deutsche Nationalbibliothek verzeichnet diese Publikation in der
Deutschen Nationalbibliografie; detaillierte bibliografische Daten sind im
Internet über http://dnb.dnb.de abrufbar.

Kalendermord

Aktives Mitglied im Selfpublisher-Verband e.V.

Covergestaltung: VercoDesign, Unna
Bilder von: dink101 / Wisky / 123 bogdan / michaelmoeller / janifest (alle von
www.clipdealer.com)

Herstellung und Verlag:
BoD – Books on Demand, Norderstedt

ISBN: 978- 3746067858

KALENDERMORD

Thriller

von H.C. Scherf

Die Opfer
haben nichts anderes getan,
als ihre Schuld zu begleichen

Autor unbekannt

- *Prolog* -

Die verliebten jungen Leute fühlten sich unbeobachtet, unendlich frei und schwerelos. Sandras Kopf senkte sich am Lenkrad vorbei in den Schoß ihres Freundes, der sie auf hinterhältige Weise dazu verführt hatte. Genießerisch schloss dieser die Augen, presste den Nacken gegen die Kopfstütze. Seinen Atem hielt er für einen Augenblick an, um kurz darauf in ein Hecheln zu wechseln. Verflucht sollte er dafür sein. Oh, wie sehr hasste er diesen Bastard dafür. Gebannt verfolgte der geheimnisvolle Fremde durch den Feldstecher das Liebesspiel, um auch keine Sekunde zu verpassen. Stunden hatte er auf dem kleinen Hügel genau auf einen solchen Augenblick gewartet.

Dämmerung war zwischenzeitlich über die Lichtung gezogen. Sie vermischte sich mit der feuchten Luft des Schellenberger Herbstwaldes. Das Pärchen würde den leichten Modergeruch des Laubes kaum wahrnehmen. Er jedoch liebte diese Zeit, wenn die Blätter der Bäume sich der Vergänglichkeit hingaben. Sie starben, opferten sich, um im Frühjahr neuem Leben Raum zu geben. Nun war es endlich soweit. Er wollte den Lohn des langen Wartens einfordern, schließlich drängte die Zeit. Tagelang beobachtete er bereits den roten Mazda, hatte ihn sogar bis zu dem Haus verfolgt, in dem sein eigentliches Opfer wohnte. Jede Zusammenkunft der jungen Leute hatte er in seinem Notizbuch vermerkt. Zufrieden hatte er beobachtet, wie Sandra Schober die Beifahrertür aufriss und sich wieder einmal auf den Sitz schwang. Das Winken in Richtung der Mutter, die ihre Tochter bis zur Haustür begleitet hatte, quittierte er nur mit einem zynischen Grinsen. Das Auto gehörte dem Vater des Jungen, der ihn sich zu gewissen Gelegenheiten auslieh. Dazu gehörte auch das Treffen mit seiner neuen Freundin, die er vor einigen Tagen in der Schul-Diskothek kennenlernte. Die Beiden turtelten schon vom ersten Kennenlernen an herum, ohne dass seine Eltern Wind davon bekommen hatten. Da war sich das Monster ziemlich sicher. Warum sonst sollten sie diesen abgelegenen Treffpunkt ausgesucht haben? Und vorgestellt hatte er Sandra noch nicht zuhause. Ihm sollte es recht sein, wenn es keine Mitwisser gab.

Die Augen verfolgten gierig jede Bewegung des Pärchens. Seine Zunge fuhr genießerisch über die Lippen, die bereits von Speichel bedeckt waren. Seine perversen Gedanken kreisten um das Geschehen im Wagen, bis sich das Ergebnis in seinem Schoß durch eine heftige Erektion abzeichnete. Seine Hand verschwand in der Jogginghose, bis er den Kopf des Mädchens wieder auftauchen sah. Keine Sekunde zu früh, denn ihm drohte eine vorzeitige Freude, die er unbedingt vermeiden wollte. Das würde er sich für später aufheben. Den zarten Kuss, den das schwarzhaarige Mädchen ihrem Verführer gab, wartete das Monster noch ab, bevor es das Fernglas wieder in den khakifarbenen Beutel steckte. Das diabolische Grinsen trug nicht unbedingt dazu bei, das Gesicht des Mannes sympathischer erscheinen zu lassen. Die Erinnerung an seine Jugend sprang ihn immer dann brutal an, wenn er diese ekelhaften Liebesakte beobachtete. Seine Finger verkrampften sich immer tiefer in dem Waldboden, die Augen zeigten nun eine beängstigende Härte.

Mit Gewalt riss er sich aus den unerfreulichen Gedanken, ließ sich die Böschung heruntergleiten, bis er sicher sein konnte, dass ihn die Beiden nicht bemerken konnten. Hektisch strich er sich das Laub von der Hose. Schon die bloße Vorstellung, was er mit der Kleinen anstellen würde, vertiefte sein Grinsen. Ein sichernder Blick in alle Richtungen überzeugte ihn davon, dass ihn niemand beobachtete. Seine fließenden Bewegungen zeigten, wie durchtrainiert dieser Körper war, als er sich um den Hügel herumbewegte. Katzengleich näherte er sich dem Mazda. Penibel achtete er darauf, dass er sich von hinten der Beifahrerseite näherte, damit er vom Fahrer nicht durch Zufall im Rückspiegel bemerkt werden konnte. Die Sorge war eigentlich unbegründet, da der junge Mann darum bemühte war, sich in der Enge des Wagens, der Hose zu entledigen. Das Monster bewegte sich schneller, da es befürchtete, dass das eigentliche Opfer schon ohne ihn die Freuden der Liebe erfuhr. Allein diese Vorstellung ließ den Hass auf den Jungen ins Unermessliche steigen. Dieses Vergnügen wollte er selbst genießen.

Nur das leise Rascheln des Herbstlaubs war zu hören, als er um das Fahrzeug herumkroch und sich langsam an der Fahrertür aufrichtete. Der Junge hielt seinen Oberkörper fest gegen die Innenseite der Tür gepresst, während Sandra versuchte, ihm seine enge Röhrenjeans endgültig auszuziehen. Lachend zog sie heftig an den Hosenenden. Ihr Blick erstarrte augenblicklich, als das Gesicht hinter der Scheibe auftauchte. Das Monster riss im gleichen Moment an dem Türgriff. Mit einem Ausruf des Erschreckens fiel der junge Mann in die Arme des Killers. Sie waren weit ab von jedem Wanderpfad, sodass niemand den Schrei des Mädchens hören konnte. Das Entsetzen schnürte Sandra Schober sofort danach den Hals zu, als sie die riesige Klinge in der Hand des Fremden sah. Ihre Augen weiteten sich, als der Blutstrahl ihr entgegen schoss, der sich aus der breiten Halswunde ihres Freundes ergoss. Bevor sie schützend die Hand vor das Gesicht reißen konnte, brannte das Blut bereits in ihren Augen. Reflexartig verrieb sie es noch weiter durch das Gesicht. Ungläubig starrte sie auf ihre Hände, die sie jetzt schützend Richtung Fahrersitz ausstreckte. Sandra war nicht fähig, auch nur eine Silbe über die Lippen zu bringen. In Bruchteilen von Sekunden hatte sich pure Lebensfreude in Grauen gewandelt. Ihr Körper zitterte unkontrolliert, während sie mitansehen musste, wie der zuckende Körper ihres Freundes brutal aus dem Wagen gezogen wurde. Seine Beine schlugen noch wenige Male verzweifelt aus.

Ich muss hier weg. Ich muss mich in Sicherheit bringen.
Die Gedanken schossen ihr durch den Kopf, befahlen ihr, die Tür aufzureißen und tief in den Wald zu rennen. Nichts dergleichen geschah. Die Lähmung hatte ihren gesamten Körper erfasst, ihr jegliche Kraft genommen. Obwohl sie das Wesen wahrnahm, das jetzt um das Fahrzeug herumkam, war sie nicht in der Lage, ein Glied zu bewegen. Die Augen

des Monsters waren unentwegt auf sie gerichtet, befahlen ihr, zu warten. Wie unter Hypnose vernahm sie die ungewöhnlich leise Stimme des Mannes, die so gar nicht zum Äußeren passte. Sie fraß sich in ihren Kopf und verursachten einfach nur pure Angst.

»Du bist so verdorben, so abgrundtief verdorben. Ich hasse dich dafür. Du wirst mir gehören – für immer. Ich werde dir deine verdammte Seele nehmen.«

Es waren die letzten Worte, die sie vernahm, als auch ihre Tür aufgerissen wurde und die harte Faust ihr Gesicht traf. Sie spürte nicht mehr, dass sie über die Schulter geworfen wurde. Mit geschmeidigen Schritten bewegte sich der Mann tiefer in den Wald. Niemand hätte seitlich des von Efeu zugewachsenen Hauses eine Falltür vermutet, hinter einer dicken Laubschicht versteckt. Wie einen Müllsack warf der Mann seine Fracht auf den Boden, legte den Griff frei, an dem er den schweren Deckel anhob. Während er sein Opfer langsam in das Loch hineingleiten ließ, murmelte er unverständliche Worte vor sich hin. Dann stieg er selber hinein. Die Pforte zur Hölle hatte sich geschlossen.

- Kapitel 2 -

»Gibt es bei dir auch was zum Frühstück? Ich hab Hunger, Großer.«

Die Frage ließ Sven Spelzer kommentarlos von sich abprallen, während er weiter die Bartstoppeln aus dem Gesicht schabte. Lediglich ein unverständliches Brummen konnte als Antwort darauf gewertet werden. Da hätte schon in der Nacht eine gute Fee seinen Lebensmittelvorrat auffüllen müssen, damit neben dem alten Käsekanten und der letzten Flasche Bier noch etwas Essbares gefunden werden konnte. Wer in seinen Kühlschrank hineinrief, erhielt nichts, außer einem hohlen Echo. Er würde wie jeden Morgen auf dem Weg ins Präsidium ein belegtes Brötchen kaufen, das er sich zusammen mit einem Coffe-to-Go zwischen die Kiemen schieben würde. Das würde zwar nicht seinen Kater vertreiben, aber zumindest das Grummeln im Bauch beseitigen.

Ein Gesicht, das von einer silberblond gefärbten Lockenpracht eingerahmt wurde, tauchte im noch halbblinden Spiegel neben seinem auf. Einen kurzen Augenblick stockte er mit der Morgentoilette und betrachte nachdenklich das verquollene Etwas, mit dem er allem Anschein nach einen Teil der Nacht verbracht haben musste. Notdürftig war der Lidstrich nachgezogen worden, die Haare hatten wohl nur widerwillig den Bemühungen einer Haarbürste nachgegeben. Allerdings musste er zugeben, dass er mit seinem augenblicklichen Aussehen auch keinen Schönheitswettbewerb gewinnen konnte. Der Alkohol zeigte wieder einmal sein hässliches Gesicht. *War ich tatsächlich so betrunken? Wo war ich überhaupt am Abend?* Stückchenweise kam die Erinnerung an den gestrigen Tag zurück, der im Marktbrunnen begann und auch dort endete. Dort hatte er wohl zu später Stunde dieses Schmuckstück auf dem tiefsten Punkt seiner Sauftour abgeschleppt. Er drehte sich um, ohne die Rasur zu unterbrechen.

»Da müsste noch ein Zehner auf dem Wohnzimmertisch liegen. Du kannst dir davon was zum Futtern kaufen. Nur tu mir den Gefallen und mach dich auf die Socken. Meine Reinigungshilfe kommt um zehn, die muss dich nicht unbedingt antreffen. Ich meine ... so.«

»Was bist du denn für einer? Bin ich dem Herrn Kommissar plötzlich nicht mehr gut genug? Bevor du mitten in der Nummer eingeschlafen bist, war ich für Vieles gut, oder? Scheiß Bulle. Steck dir deine Kohle irgendwohin. Ich hab deine Kröten nicht nötig. Nur fass mich nie wieder an, du Versager.«

Nur wenige Minuten vergingen, bis das heftige Zuschlagen der Wohnungstür anzeigte, dass die nächtliche Eroberung die Räume unzufrieden verlassen hatte. Nachdenklich wusch sich Sven den Schaum aus dem Gesicht. Das Klopfen an der Tür erreichte ihn auf dem Weg ins Schlafzimmer. Ein unschöner Fluch verhallte, bevor er die Tür geöffnet hatte. Seine immer noch unfrisierte Nachtgefährtin quetschte sich an ihm vorbei, um sich den Zehn-Euro-Schein vom Wohnzimmertisch zu klauben.

»Du sollst zumindest für das bisschen Sex bezahlen, du Anfänger. Versuchs mal mit der Apotheken-Umschau. Da wirst du bestimmt Hilfevorschläge für den Kleinen da unten finden. Der hat die bitter nötig.«

Zum zweiten Mal schlug die Tür laut ins Schloss. Sven hörte diese Sprüche des Öfteren, wenn er Besucherinnen nach einer Sauftour mit nach Hause brachte. Immer wieder schwor er sich, das zu vermeiden, sich ausschließlich auf das Trinken zu konzentrieren. Doch im Suff überfiel ihn regelmäßig der Drang, der Welt zu beweisen, wie unwiderstehlich er doch war. Eben ein Frauentyp par excellence. Das Ergebnis im Bett blieb immer gleich. Sein Selbstbewusstsein litt an manchen Tagen darunter.

Resigniert hob Sven Spelzer die Schultern und ließ seinen Blick durch die Wohnung gleiten. Irgendwo musste er in der Nacht seine Schuhe ausgezogen haben. Den winzigen Damen-Slip, der teilweise unter den Schlafzimmer-Läufer gerutscht war, nahm er mit spitzen Fingern auf und warf ihn in den Küchenabfall. Die Dame würde den Verlust wohl spätestens beim ersten Toilettengang bemerken. Schließlich fand er die Objekte der Begierde im Dielenbereich. Der Kopf schickte ihm deutliche und schmerzhafte Signale, als er sich zum Zubinden der Schuhe bückte. Das Rasseln eines Schlüsselbundes und das Eintreten einer fröhlich summenden Dame holte ihn augenblicklich wieder in die Senkrechte.

»Oh, oh, Señor Svenni. Wieder eine schwere Nacht gestern? Finde ich noch Überreste in Schlafzimmer, oder kann gefahrlos ich darin saubermachen. Jemand noch hier – das ich rieche. Billiges Parfum, ich tippen auf ...«

»Ist ja gut Lucita, du hast gewonnen. Wohnung ist gesichert, keine Gefahr für die gnädige Frau. Du kannst heute ... ach, mach, was du für richtig hältst. Ich muss jetzt los.«

Auf dem Weg zum Parkplatz stahl sich ein Lächeln auf sein Gesicht. Auch er durfte einmal Glück im Leben haben. Und das hatte er mit dieser gutmütigen Frau, die vor Jahren einen deutschen Mann heiratete, der sie aus Spanien in das doch so großartige Deutschland führte. Eine Entscheidung, die sie noch bitter bereuen sollte, denn wo sie Liebe erhoffte, bekam sie nur Schläge und Demütigung. Eines Tages wurde Sven auf offener Straße zufällig Zeuge einer solchen Misshandlung. Zwar musste er sich innerhalb eines Disziplinarverfahrens für die unangemessene Gewaltanwendung verantworten, doch bekam er dafür eine liebenswerte, dankbare und gründliche Reinigungskraft. Für die Vermittlung einer bezahlbaren Wohnung war sie ihm auf ewig dankbar. Bis heute verband sie eine tiefe Freundschaft.

Sven schob sich auf den Sitz und fingerte nach seinem Smartphone, das unablässig vibrierte. Auf dem Display erkannte er, dass ihn Karin Hollmann, die stellvertretende Leiterin der Rechtsmedizin erreichen wollte. Sofort tauchte die Erscheinung einer stets couragiert auftretenden Frau vor seinem Auge auf, die bereits in vielen Mordfällen hervorragende Hinweise geliefert hatte. Allerdings nervte es Sven gewaltig, dass sie ihm bei jeder Begegnung einen versteckten Seitenhieb verpassen musste, was seinen Hang zum Alkohol und leichten Mädchen betraf. Doktor Hollmann kannte Svens Exfrau, und damit auch die Gründe, die ihn dahin geführt hatten. Sie brachte allerdings wenig Verständnis dafür auf, dass er nicht versuchte, dagegen anzukämpfen. Warum machten sich ständig Außenstehende Gedanken über sein Privatleben? Er kümmerte sich doch auch nicht um die Sorgen und Angelegenheiten der Anderen. Allerdings musste er zugeben, dass er hin und wieder gerne gewusst hätte, wie und mit wem diese attraktive Ärztin ihre Freizeit verbrachte. Dieser Bubikopf, dem es nichts ausmachte, dass sich bereits einige graue Härchen zeigten, verkörperte etwas, das er an seiner Ex so vermisst hatte. Sie besaß dieses Charisma, das einen Menschen angenehm vom Einheitsbrei unterschied. Was soll's? Er verdrehte die Augen, drückte die Empfangstaste und versuchte, freundlich zu sein.

»Sven? Verdammt, wo waren Sie denn? Ich versuche schon seit Stunden, Sie zu erreichen. Sie haben einen Einsatz in der Nähe der Isenburg. Kommen Sie zum Klinikum und holen Sie mich ab? Ich warte vorne am Eingang. Ihr Chef will unbedingt, dass ich mitkomme und mir ein Bild vor Ort mache.«

Verständnislos starrte Sven auf sein Handy. Hollmann hatte einfach eingehangen, ohne seine Antwort abzuwarten.

- Kapitel 3 -

Alle Zugänge zur Isenburg waren gesperrt. Der junge Polizeibeamte hob das Absperrband, um Sven Spelzer und Karin Hollmann mit einem freundlichen Gruß durchzulassen. Zumindest die Medizinerin erwiderte das *Guten Morgen* mit einem Lächeln. Sven grummelte etwas Unverständliches vor sich hin und stampfte durch das feuchte Laub. Eine Kopfschmerztablette, die er stets in einem First-Aid-Päckchen mitführte, schluckte er ohne Flüssigkeit herunter, was er mit einem *Pfui Teufel* begleitete. Das Grinsen seiner Begleiterin ignorierte er großzügig. Von der Seite kam ihnen Karl Ruhnert, Leiter der Spurensicherung entgegen, der ihnen die Schuhüberzieher anreichte. Während sie sich bemühten, die Plastikfolien über die Schuhe zu ziehen, begann Ruhnert mit einer ersten Zusammenfassung.

»Heute Morgen kam der Anruf, dass ein Fahrzeug mitten im Wald steht und ein männlicher Leichnam daneben liegt. Das kam von einem Ehepaar, das fast jeden Morgen hier ihren Hund zum gepflegten Stuhlgang herführt. Die stehen da hinten neben dem Einsatzfahrzeug. Die Aussage hat einer Ihrer Kollegen schon protokolliert. Ich habe denen gesagt,

15

dass sie noch warten sollen, da Sie ja ... nun ja. Also haben wir schon mal angefangen. Wir wollten erst auf Sie warten. Aber man sagte uns in der Zentrale, dass Sie nicht erreichbar wären.«

Sven bemerkte aus den Augenwinkeln, wie sich das Grinsen im Gesicht der Rechtsmedizinerin verstärkte. *Verdammt, hatte er als Kripomann kein Recht auf Privatsphäre? Musste er rund um die Uhr für Ermittlungstätigkeiten zur Verfügung stehen? Definitiv NEIN!* Als hätte sie seine Gedanken erraten, senkte Hollmann den Blick und fummelte weiter an ihren Überziehern herum. Schließlich bückte sich Karl Ruhnert völlig gentlemanlike und zupfte ihr das Plastik zurecht. Sie gönnte dem rundlichen Kollegen ein dankbares Lächeln, während sie Sven Spelzer eine hochgezogene Augenbraue gönnte. Er mochte diesen fähigen Forensiker, doch manchmal war er ihm einfach zu altbacken in seiner Art, sich bei Frauen einzuschleimen. Einfach abstoßend.

»Können wir jetzt wieder zur Sache kommen? Was haben wir bisher?«

»Also. Wir vermuten zwei Personen, die sich im Fahrzeug befanden. Blut fanden wir hauptsächlich außerhalb des Wagens, dort, wo sich der Leichnam des jungen Mannes befindet. Ihm muss aber schon auf dem Fahrersitz der tödliche Schnitt durch den Hals zugefügt worden sein. Blutspuren an den Sitzen weisen deutlich darauf hin. Spuren fanden wir von einer Person, die sich seitlich dem Wagen genähert haben muss, allerdings von der Beifahrerseite. Weiter führen sie um das Fahrzeug herum, direkt zur Fahrertür. Dort hat wohl ein kurzer Kampf stattgefunden. Dann muss der Täter, nachdem er den Fahrer getötet hat, wieder um das Fahrzeug herumgegangen sein. Er muss die Beifahrertür geöffnet und etwas herausgehoben haben. Wir sind zu der Überzeugung gelangt, dass er etwas Schweres getragen haben muss, da die Spuren, die vom Wagen wegführen, viel tiefer in den weichen Waldboden eindrangen. Allerdings verlieren sich die auf einem festen Waldweg dort drüben. Die Kollegen suchen derzeit weiter. Es könnte ja sein, dass der Täter irgendwo den Weg wieder verlassen hat, oder möglicherweise ein Auto benutzte, das er auf dem Zufahrtsweg geparkt hatte. Dann haben wir allerdings schlechte Karten bei der Menge an Reifenspuren.«

Aufmerksam waren beide Ruhnerts Hypothesen gefolgt, die wie immer von logischen Schlussfolgerungen geprägt waren. Mittlerweile war das Trio am Tatort angekommen. Immer noch wanderten die in weiße Folien gepackten Beamten der Spurensicherung herum und sicherten mögliche Spuren, stellten kleine Schilder mit Nummern auf und fotografierten jede Kleinigkeit. Das Ganze hatte etwas Surreales, erinnerte an Szenen aus einem Horrorfilm, in dem Außerirdische bei Dunkelheit durch Wälder huschen. Sven sah auf den Bubikopf der Kollegin Hollmann herunter, die bereits den Leichnam inspizierte.

»Kann ich das Opfer drehen, oder müsst ihr noch Aufnahmen machen?«

»Nein, nein, kein Problem. Wir sind mit dem Jungen durch. Jetzt kümmern wir uns um das Auto und die Umgebung. Sie können über die Leiche frei verfügen, Frau Hollmann. Brauchen Sie mich im Augenblick noch, Kommissar Spelzer, oder kann ich weitermachen?«

Sven Spelzer hatte den Blick starr auf den Toten gerichtet und nickte nur kurz, was eine Antwort ersetzen sollte. Ruhnert verdrehte die Augen und entfernte sich, still etwas vor sich hinmurmelnd. Er kannte die mürrische Art des Kommissars zur Genüge, hasste sie manchmal sogar. Doch dem hielt er entgegen, dass Spelzer eine ungewöhnlich hohe Aufklärungsquote im Morddezernat vorzuweisen hatte. Er besaß eine besonders ausgeprägte Kombinationsgabe.

»Stehen Sie nicht nur rum, Sven, kommen Sie mal runter zu mir und sehen sich die Überreste an, die uns der Täter hinterlassen hat.«

Spelzer ging in die Knie und hielt sich das Taschentuch vor Mund und Nase. An Karin Hollmanns Parfum, das zum großen Teil Formaldehyd enthalten musste, hatte er sich bereits gewöhnt. Doch mit dem Geruch von Leichen, bei denen allmählich die Verwesung einsetzte, konnte er sich niemals anfreunden. Ihm fehlte jegliches Verständnis dafür, dass man sich freiwillig einen Job in der Rechtsmedizin antun konnte. Da gab es sicher interessantere Felder in der Medizin. Doch bewunderte er insgeheim die Menschen, die in der Lage waren, diesen menschlichen Überresten eine aussagefähige Geschichte zu entlocken, in ihren Organen zu lesen. Kaum hatte er diesen Gedanken zu Ende gebracht, holte ihn die Stimme der Expertin zurück in die grausame Gegenwart.

»Ich würde sagen, dass der Todeszeitpunkt gestern zwischen sechzehn und zwanzig Uhr liegt. Der Halsschnitt wurde mit einem äußerst scharfen Messer, mit großer Kraft durchgeführt. Das würde ich daran festmachen, dass die Klinge das gesamte Gewebe bis zum Halswirbel sauber mit einem Schnitt durchtrennt hat. Das macht der Täter nicht zum ersten Mal. Ich vermute da einen kampferprobten Experten. Warum das Opfer mit heruntergelassener Hose vor uns liegt, lässt nur wenig Freiraum für Vermutungen zu. Ich schätze, dass hier ein Pärchen beim sehr intimen Tete-a-Tete gestört wurde und der Täter das Mädchen verschleppt hat. Außer der Halswunde kann ich zum jetzigen Zeitpunkt keine weiteren Verletzungen feststellen. Ich werde sofort morgen früh mit der Obduktion beginnen. Dann mehr.«

Beide richteten sich wieder auf. Sven durchsuchte das Fahrzeug und wurde schnell fündig. Hinter der Sonnenblende fand er eine Kopie des Fahrzeugscheines, die ihm den Namen des Halters verriet. Warum war der Mörder so unvorsichtig und hinterließ den Ermittlern den Namen und Anschrift des Opfers? War er so dumm oder so selbstherrlich? Konnte es ein Mord im Affekt sein, wobei die Partnerin bei der Abwehr dieses Gemetzel angerichtet hatte? Nein, diese Kraft brachte eine Frau selbst in größter Panik nicht auf. Karin lag mit ihrer Mutmaßung wahrscheinlich richtig.

Sven betrachtete voller Abscheu den fast komplett abgetrennten Kopf des noch sehr jungen Mannes, als ihn wieder einmal Karin aus seinen Überlegungen riss.

»Sven, Sie sollten allmählich tätig werden. Da gibt es mit großer Wahrscheinlichkeit ein zweites Opfer, das vielleicht noch lebt und schnellstmöglich gefunden werden möchte.«

- Kapitel 4 -

Der Modergeruch stieg unangenehm in Sandras Nase, von
der sich der Schmerz über die komplette linke Gesichtshälfte
ausbreitete. Bruchstückhaft erinnerte sie sich daran, dass sie
diesen brutalen Faustschlag erhielt, der sie bis zu diesem
Zeitpunkt außer Gefecht gesetzt hatte. Mit der Zunge fuhr
sie von innen über die geschwollene Wange, schmeckte das
Blut, das noch immer aus der Öffnung austrat, die ein ausge-
schlagener Zahn hinterlassen hatte. Sie vermied es, die
Augen zu öffnen, wollte gar nicht wissen, wo sie sich im
Augenblick befand. Die Angst war viel zu groß, dass wieder
dieses Gesicht des Mannes vor ihr auftauchte, der das mit
Reiner ... Was war mit ihm geschehen? Sandra erinnerte sich
daran, dass er aus dem Wagen gezerrt wurde. Ein fremder
Mann hatte ihm ein riesiges Messer an die Kehle gehalten.
Blut! Überall Blut. Ja, da war dieser Blutstrahl, der ihr die
Sicht nahm. Danach fehlte ihr die klare Erinnerung. Sie hatte
nur noch geschrien, danach die Augen geschlossen und den
Atem angehalten. Ein Schlag ins Gesicht beendete ihr
Leiden für den Augenblick. Doch dieses Gesicht hatte sich
fest in ihr Unterbewusstsein eingefressen.

Gerne hätte sie die Arme um den Oberkörper geschlungen, um die Kälte zu beseitigen, die in Wellen durch ihren gesamten Körper trieb. Sie zerrte an den Kabelbindern, die ihre Handgelenke an irgendetwas festhielten. Das Gleiche war mit ihren Füßen geschehen. Sie lag mit ausgebreiteten Armen und Beinen auf einer festen Unterlage, fuhr ihr die Erkenntnis durch alle Glieder. Sie riss entgegen aller inneren Zwänge die Augen auf und erstarrte im gleichen Augenblick. Direkt über ihr, nur wenige Zentimeter entfernt, stierten sie zwei gierige Augen an.

»Endlich. Du bist wieder zurück, du Miststück. Wir wollen doch noch so viele schöne Dinge miteinander tun, die du eigentlich für diesen unwürdigen Dreckskerl geplant hattest. Ich werde dir etwas Kühles auf dein Gesicht legen, damit die Schwellung zurückgeht. Du wirst verstehen, dass es sein musste. Du hast so laut geschrien. Du siehst aus wie sie. Perfekt.«

Sandra verfolgte mit angstgeweiteten Augen, wie sich dieses Monster entfernte und in der Ecke dieses fast komplett verdunkelten Raumes einen Lappen anfeuchtete. Er tauchte wie aus dem Nichts wieder auf und legte ihr den Lappen fast zärtlich auf die schmerzende Gesichtshälfte.

»Das wird bald besser. Du darfst keine Schmerzen haben. Wir wollen doch unsere Freude an dem haben, was wir noch tun wollen. Keine Schmerzen, mein Kind.«

Das Grauen packte Sandra für einen Augenblick, als sie die Spritze in der Hand des Monsters erkannte, in die eine klare Flüssigkeit aufgezogen wurde. Vorsichtig setzte der Mann die Nadel in ihre Armbeuge, hielt jedoch einen Augenblick inne.

»Du musst dich nicht fürchten, das ist gegen die Schmerzen. Bald wirst du sie nicht mehr spüren. Keiner wird dir jemals wieder wehtun können. Das verspreche ich dir. Wir werden viel Spaß miteinander haben.«

Die Nadel senkte sich in die Vene, die Flüssigkeit strömte in Sandras Körper und veränderte Sekunden später ihr Bewusstsein. Wo kamen sie plötzlich her, diese vielen bunten Ringe, die sich miteinander verschlangen? Sie glitt hindurch, versuchte, sich daran festzuhalten, sie zu liebkosen. Bunte Wirbel zogen sie immer wieder fort, ließen sie in einem lustvollen Glücksgefühl dahinschweben. Blubberblasen breiteten sich aus, auf denen sie reiten konnte. Das Licht verschwand für einen kurzen Augenblick. Sie öffnete die Augen. Mit einem Lächeln verfolgte sie die Hände des Monsters, die sich auf ihre nackte Haut legten und damit begannen, ihren Körper zu erkunden. Sie streckte sich ihm lustvoll entgegen und lachte.

- Kapitel 5 -

»Musst du so rasen bei dem Sauwetter? Es ist immer dasselbe, wenn du deine Aggressionen abbauen musst. Meine Mutter hatte doch recht vorhin. Du versuchst immer, die Fehler bei anderen zu suchen, anstatt bei dir selber.« Anton Rasch verdrehte die Augen und atmete mehrfach ruhig durch. Es war tatsächlich so, dass es kaum einen Besuch bei der alten Dame gab, bei dem er nicht mit ihr in Streit geriet. Meist waren es Kleinigkeiten, die den Ausschlag gaben. Doch sie reichten aus, um ihn in Rage zu versetzen. Immer öfter sorgte deren Besserwisserei dafür, dass er sich innerlich dermaßen aufregte, irgendwann nicht mehr an sich halten konnte und losschrie. Warum willigte sie nicht endlich ein und sah sich die Zimmer in dem Seniorenheim zumindest einmal an? Nein, sie fühlte sich noch zu hundert Prozent alltagstauglich. Sie vergaß dabei, dass sie schon mehrfach den Elektroherd angelassen hatte und es nur der Aufmerksamkeit der Nachbarschaft zu verdanken war, dass nicht die ganze Siedlung abgebrannt war. Zweimal musste er sie schon vom Supermarkt abholen, weil sie den Weg zurück schlichtweg vergessen hatte. Nein, sie war noch voll auf der Höhe, diese böse Frau. Ein damaliger Freund hatte ihm vor der Hochzeit einen Rat gegeben. Guck dir die Schwiegeralte an, heirate dann erst die Tochter! Er betete darum, dass der Freund sich geirrt hatte und nur einen Joke loswerden wollte.

Anton kniff die Lippen zusammen und drückte weiter auf das Gaspedal. Er war der Fahrer und nur er bestimmte das Tempo. Im Rückspiegel betrachtete er das Gesicht von Käthe, das er zumindest teilweise darin sehen konnte. Sie wurde ihrer Mutter immer ähnlicher. Ein zynisches Grinsen überzog sein Gesicht, als er an den Text einer Geburtstagskarte dachte, die sie zum vierzigsten Geburtstag von der zeternden Mumie geschenkt bekommen hatte. *Jetzt, mein liebes Kind, kommst du in das Alter, wo du all die Charakterzüge an dir bemerkst, die du bei deiner Mutter bisher so verabscheut hast.* Wie recht sie damit hatte. Ein einziges Mal gab er ihr recht. Dieser Drachen konnte in die Zukunft sehen. Anton verkniff sich eine Antwort auf die Bemerkung von Käthe. Er brauchte jetzt etwas Erfrischendes, um den schalen Geschmack des halbgaren Fisches von der Zunge zu bekommen, den es am Abend zu essen gab. Er griff ins Seitenfach und suchte nach den Halspastillen.

»Anton, Vorsicht. Du musst ... brems doch!«

Der Schrei lenkte seinen Blick wieder auf die nasse Fahrbahn, ließ ihn den Körper erkennen, der halb auf dem Fahrstreifen lag. Nur um wenige Zentimeter verfehlte er den nackten Mädchenleib, indem er blitzschnell das Lenkrad herumriss. Der alte Mercedes schleuderte mehrfach um die eigene Achse. Anton war nicht in der Lage, das Ausbrechen des schweren Wagens zu verhindern, zumal sich Käthes

Finger panisch in seine Schulter gebohrt hatten. Ihr permanentes Schreien zerrte an seinen Nerven. Es hörte selbst dann nicht auf, als der Wagen längst in der von kleinen Sträuchern bewachsenen Böschung zum Stehen gekommen war.

»Halt jetzt endlich das Maul, Käthe!«

Er konnte nicht anders, als seine angestaute Wut auf diese vulgäre Art herauszulassen. Oh Wunder, sie stoppte tatsächlich. Ihr Blick war völlig leer, die Hände lösten sich langsam aus seiner Schulter. Das ausgeschüttete Adrenalin half ihm dabei, den Schmerz zu ignorieren. Anton schob seine schockierte, aber scheinbar unverletzte Frau zurück in den Sitz und suchte nach dem Türöffner. Käthe kam allmählich wieder zu sich, drehte sich um und versuchte, etwas durch die rückwärtige Scheibe zu erkennen. Was selten genug vorkam – noch immer kam kein Laut über ihre Lippen. Anton verließ das Fahrzeug und versuchte, auf dem abschüssigen Gelände Halt zu finden. Endlich erreichte er die feste Straße, indem er sich auf allen vieren fortbewegte. Den Schlamm an den Händen rieb er sich gedankenverloren an der guten Anzughose ab. Sein Blick folgte den Scheinwerfern, die wie mahnende Finger über ein Kornfeld in den Himmel zeigten. Der Regen zeichnete in ihnen wirbelnde Streifen, er versickerte unangenehm im Stoff seines Anzugs.

Erst jetzt erinnerte sich Anton daran, warum er dieses waghalsige Fahrmanöver überhaupt durchführen musste. Mit zusammengekniffenen Augen versuchte er, diese tiefe Dunkelheit der mondlosen Nacht zu durchdringen. Immer wieder fuhr er mit den Fingern über das nasse Glas seiner Brille, versuchte, diesen Körper zu finden. Nach endlosen

Minuten ging er endlich den Weg zurück, den sie gekommen waren.

»Anton, sei vorsichtig. Man kann nie wissen ...« Das Geräusch des auf das Pflaster prasselnden Regens übertönte Käthes sinnfreie Warnung. Er lief weiter die Straße entlang. Das Schreien seiner Frau blieb hinter ihm zurück, verhallte ungehört. Da war etwas. Mit einem entschlossenen Ruck schlug Anton den Jackenkragen hoch. Dass ihm dadurch ein Schwall Wasser in den Nacken rann, ignorierte er. Seine Augen richteten sich starr auf etwas, das Ähnlichkeit mit einem menschlichen Körper aufwies. Er bückte sich und strich das Haar aus dem Gesicht des Mädchens. Schlagartig wurde ihm klar, dass es sich um den Körper einer recht jungen Frau handelte, die reglos dalag und völlig nackt der Kälte ausgesetzt war. Zögernd streckte er die Hand aus und stieß gegen die Schulter. Seine Finger spürten nur kaltes Fleisch, aus dem jegliches Leben gewichen war. Die Hand tastete weiter zum Hals. Dort sollte man doch fühlen können, ob das Herz noch schlug, ein Puls vorhanden war. Tatsächlich, ein kaum noch wahrnehmbares Pochen. Plötzlich reagierte sein Verstand wieder, brachte ihn dazu, logisch zu denken.

Anton verfluchte einmal mehr Käthes sture Ablehnung, als er das Thema Smartphone erstmals auf den Tisch brachte. Das war Teufelszeug, das nur die junge Generation süchtig macht – gebetsmühlenartig musste er sich diese Sprüche anhören, bis er aufgab. Heute erkannte er einmal mehr, dass es ein immerwiederkehrender Fehler war, sich der Meinung dieser Frau immer wieder unterzuordnen. Sie lebte nur in ihrer gewohnten Welt, nahm Entwicklungen der

Gegenwart nicht an, von der Zukunft ganz zu schweigen. Das würde sich ab sofort ändern. Er wurde aus seinen Überlegungen gerissen, als er die Scheinwerferkegel erkannte, die sich, der kurvenreichen Landstraße folgend, ihm näherten. Spontan zerrte er an seinem völlig durchnässten Jackett, zog es aus und legte es schützend über den Körper der jungen Frau. Dann erhob er sich und lief winkend dem herannahenden Fahrzeug entgegen. Sein weißes, am Körper klebendes Oberhemd leuchtete auf, als die Scheinwerfer darauf trafen. Antons Augen weiteten sich angstvoll, als er feststellte, dass sich die Geschwindigkeit des Autos nicht verringerte. Entschlossen blieb er mitten auf der Fahrbahn stehen und blickte der heranbrausenden Gefahr entgegen. Sein Atem setzte wieder ein, als die noch wippende Stoßstange sein Schienbein berührte. Zwei Augenpaare blickten ihn durch die Windschutzscheibe ungläubig an. Immer wieder schob sich der Wischer über das Glas und zeigte ihm, dass sich ein junges Pärchen im Wagen befand, die sich anscheinend stritten. Immer wieder versuchte die Frau, den Fahrer am Aussteigen zu hindern, riss an seiner Jacke.

»Was veranstalten Sie da mitten auf der Straße? Sind Sie lebensmüde? Beinahe hätte ich Sie ...«

Anton legte die Starre ab, die ihn beim Heranfahren erfasst hatte. Nun näherte er sich der Fahrertür, durch deren heruntergelassener Scheibe der Fahrer den Kopf gesteckt hatte.

»Da liegt eine verletzte Frau. Da hinten am Straßenrand liegt sie. Sie braucht unbedingt Hilfe. Haben Sie ein Handy? Können Sie einen Rettungswagen holen? Bitte, sie erfriert sonst.«

»Ja, ja, ich rufe an. Aber ich bin nicht von hier. Wo sind wir denn? Was kann ich dem Notdienst sagen?«

»Wir müssten hier auf der Heisinger Straße sein. So etwa zwischen dem Café Schwarze Lehne und der Waldorf-Schule. Ich kümmer mich in der Zeit um die Kleine. Die sollen sich unbedingt beeilen. Ach, und noch etwas. Ich brauche einen Abschleppdienst. Bin beim Ausweichen von der Straße abgekommen.«

Anton lief, so schnell es seine alten Knochen zuließen, zurück zu der Verletzten. Hinter sich vernahm er durch das Geräusch des Regens einige Wortfetzen. Dann spürte er, dass sich das Fahrzeug mit eingeschaltetem Warnlicht seiner Position näherte.

»Kommen Sie, wir bringen sie ins Auto. Die erfriert uns noch, bis der Rettungswagen eintrifft.«

Beide Männer hoben den fast leblosen Körper auf den Rücksitz. In der Zeit sprintete die Beifahrerin zum Kofferraum und kam mit einer wärmenden Decke zurück. Sie setzte sich neben das Mädchen und begann damit, die Arme zu massieren. Mit einem Schreckensschrei stoppte sie. Beide Männer, die im vorderen Teil des Wagens warteten, drehten sich erschrocken um und erstarrten, als sie jetzt im Licht der Innenbeleuchtung die Hände der Verletzten sahen.

- Kapitel 6 -

»Ich schon wieder. Hören Sie Karin, hätten Sie Zeit, mich in die Werdener Klinik zu begleiten? Ich bekam gerade einen Anruf, dass man in der Nacht in der Nähe der Isenburg eine junge Frau auf der Straße liegend gefunden hat. Das wäre ja allein nicht so bedeutsam, aber sie ist schwer verletzt – und sie war nackt. Klingelt es bei Ihnen?«

Sven wartete geduldig ab, bis die Rechtsmedizinerin die Nachricht verarbeitet hatte. Ihr Atmen war deutlich zu hören.

»Ich fahre sofort los.«

Es dauerte doch noch dreißig Minuten, bis Sven der markante Duft der Ärztin in die Nase stieg. Mit der Schulter gegen den Türrahmen gelehnt, sah sie den Kommissar an, der eine Straßenkarte auf dem PC-Bildschirm studierte. Als er Karin Hollmann bemerkte, winkte er sie heran.

»Sehen Sie. Hier wurde unsere Leiche gefunden, dort findet man das verletzte Mädchen. Fällt Ihnen was auf? Das liegt doch höchstens fünfhundert Meter auseinander. Dann muss der Täter, vorausgesetzt, die Personen passen zusammen, sich doch in unmittelbarer Nähe aufgehalten haben.

Wir sind quasi unter seinen Augen durch sein Revier gelatscht.«

»Es könnte aber auch sein, dass er die Frau wieder an den Tatort zurückbrachte. Ich meine, nachdem er mit ihr fertig war. Sollten wir uns nicht erst einmal ansehen, was mit ihr passiert ist? Kommen Sie Sven, ich habe noch einen Kunden auf dem Tisch liegen. Mein neuer Assistent benötigt noch etwas Hilfe bei der Arbeit. Sie wollten doch schnell Ergebnisse, oder?«

»Stellen Sie sich nicht so an. Der Kunde wird Ihnen schon nicht weglaufen.«

»Toller Joke von Ihnen, ich lach mich kaputt. Jetzt bewegen Sie bitte Ihren Körper Richtung Parkplatz, Sie Scherzkeks.«

Sämtliche Parkplätze vor dem Krankenhaus waren besetzt. Sven stellte den Wagen genervt neben dem Eingangsportal ab und klemmte die blaue Einsatzleuchte aufs Dach. Karin schüttelte ungläubig den Kopf und folgte dem Kommissar lächelnd durch das Foyer. Die Dame sah ehrfürchtig auf seinen Dienstausweis.

»Bei Ihnen wurde heute Nacht eine junge Dame eingeliefert, die man auf der Heisinger Straße gefunden hat. Können Sie mir sagen, wo ich sie finde?«

Es dauerte nur Sekunden, bis die Dame hinter der Glasscheibe, begleitet von einem fast unanständig zu bezeichnenden Augenaufschlag, eine Zimmernummer nannte. Svens dankbares Lächeln würde der Frau wohl stundenlange, feuchte Träume in den kommenden Tagen bescheren, dachte sich Karin schmunzelnd und folgte dem eifrigen Kollegen zum Aufzug.

»Sie haben den Zettel mit der Telefonnummer liegenlassen, mein Lieber. Soll ich nochmal zurück und ihn für Sie holen?«

»Karin, Sie sollten wissen, dass man mit Freundlichkeit viel weiter kommt. Es ist so einfach, Menschen glücklich zu machen. Erst letzte Woche habe ich ...«

»Ist ja gut, Sven. Ich möchte jetzt keine Auflistung Ihrer amourösen Abenteuer hören. Ich werde wohl nie erleben, dass Sie wieder einmal eine anständige Frau zum Altar führen. Die Sorte Frau, käme aber auch für Sie nicht in Frage, die ein geregeltes Familienleben anstrebt.«

»Ist das eine unterschwellige Anmache von Ihnen?«

»Sind Sie verrückt, Svenni? Wenn wir beide wie Robinson auf einer einsamen Insel stranden, würde ich mir lieber einen *Freitag* stricken, bevor ich mich mit Ihnen einlasse. Wir sind da, Zimmer vierhundertzwei.«

In dem Augenblick, als Sven anklopfen wollte, öffnete sich die Tür. Der Arzt, der vor ihnen auftauchte, drückte sie zurück.

»Bitte noch kein Besuch. Die Patientin braucht jetzt absolute Ruhe.«

Er starrte auf den Dienstausweis und zog die Tür resolut ins Schloss.

»Und wenn Sie der Justizminister persönlich sind, sie dürfen dort nicht rein. Haben wir uns verstanden?«

Karin Hollmann zog Sven am Arm zurück, bevor er wieder einen seiner Anfälle bekam.

»Mein Name ist Dr. Karin Hollmann. Ich arbeite in der Essener Rechtsmedizin. Würde Sie gerne, so unter Kollegen, um eine kurze Auskunft bitten, was dieses Mädchen darin betrifft. Der nette Kollege hier ermittelt in einem brutalen Mordfall, bei dem diese junge Frau eine entscheidende Rolle spielen könnte. Können Sie uns wenigstens sagen, was Sie bei Ihren Erstuntersuchungen festgestellt haben? Bitte.«

»Liebe Kollegin, Sie wissen ...«

»Ja, ich weiß – die ärztliche Schweigepflicht. Aber es ist äußerst wichtig, zu wissen, ob dieser Frau Gewalt angetan wurde. Das kann uns schneller zum Täter führen, bevor der sich ein weiteres Opfer schnappt. Wurde sie vergewaltigt?«

Lange sah der Arzt, auf dessen Namensschild groß Dr. Hartmut Kleist zu lesen war, von einem zum anderen. Schließlich begann er mit einem tiefen Seufzer.

»Also, das einmal in Kurzfassung. Die Patientin wurde mit akuten Herzrhythmusstörungen und starker Unterkühlung eingeliefert und im ersten Gang stabilisiert. Wir hatten sofort den Verdacht, dass sie unter dem Einfluss von Drogen gefügig gemacht wurde. Bis jetzt war es nicht möglich, sie aus dem Zustand der Apathie vollends herauszuholen. Das braucht seine Zeit. In der Armbeuge fanden wir eine Einstichstelle an der Vene, wo jemand unsachgemäß eine Substanz verabreicht hat. Eine Blutprobe wird derzeit im Labor analysiert. Ich tippe auf eine bewusstseinserweiternde Droge, die entweder ihre Angstzustände verstärken, oder eine Gegenwehr unterdrücken sollte. Da warte ich noch auf Ergebnisse.

Was ihre äußeren Verletzungen betrifft, muss ich sagen, dass ich das in meiner Praxis noch nie erlebt habe, besser gesagt, es noch nicht habe erleben müssen. Jemand hat ihr die Gliedmaßen mit einem Draht, oder zumindest mit Kabelbindern fixiert. Durch Abwehrbewegungen, die diese Droge dann wohl doch nicht vollständig unterdrücken konnte, drangen diese Fesseln sehr tief in ihr Gewebe ein und führte zu erheblichen Wunden und damit verbundenen Blutverlusten. Diese versuchen wir gerade wieder auszugleichen. Aber die restlichen Wunden und die dadurch verursachten Schmerzen haben womöglich Auswirkungen auf ihren Geisteszustand. Sobald wir die Patientin stabil haben, werden wir eine neurologische Untersuchung beginnen. Derzeit zeigt die junge Frau noch keinerlei Reaktionen auf erste Tests.«

»Sie sprachen von äußeren Verletzungen, die außergewöhnlich sind. Was muss ich mir darunter vorstellen?«

Karin legte Sven die Hand auf den Arm und zeigte ihm durch einen Blick an, dass er sich gedulden sollte. Doktor Kleist schob seinen Besuch etwas zur Seite, da eine Krankenschwester mit einem Infusionsbeutel bewaffnet, das Zimmer betreten wollte. Einen kurzen Augenblick erhielt Sven einen Blick auf die Patientin, die mit geschlossenen Augen auf dem Bett lag und mit unendlich vielen Kabeln mit der Technik verbunden war. Ihm fielen sofort die vielen Verbände auf. Er schluckte. Doktor Kleist war aufgefallen, wie schockiert der Kommissar wirkte.

»Ja, Herr Kommissar, das sieht nicht nur schlimm aus – das ist auch bedenklich. Was diese Frau durchgemacht haben muss, kann ich mir nur ansatzweise vorstellen. Aber der Reihe nach. Ihr wurden sämtliche Finger- und Zehnägel herausgerissen. Diese Schmerzen darf ich mir gar nicht ausmalen. Weiterhin fanden wir erhebliche Brandwunden an den Fußsohlen, die höchstwahrscheinlich durch eine offene Flamme, vielleicht einem Bunsenbrenner, herbeigeführt wurden. Das Mädchen wurde sowohl anal, als auch vaginal mehrfach missbraucht. Teilweise geschah das mittels eines stumpfen Gegenstandes. Ich denke, dass Sie, liebe Kollegin da besser im Thema sind. Sobald wir die Patientin stabil haben, können Sie gerne eigene Untersuchungen anstellen, damit Sie den Dreckskerl finden. Das darf nie wieder einem anderen Menschen geschehen. Ach, bevor ich es vergesse. Sie hat sich während der unmenschlichen Prozedur den vorderen Teil der Zunge abgebissen.«

Sven hatte es die Sprache verschlagen, was selten genug vorkam. Völlig schockiert war er dem Bericht des Arztes mit geballten Fäusten gefolgt. In seiner Zeit bei der Mordkommission waren ihm schon die skurrilsten Todesfälle begegnet, doch hier war ein Monster am Werk, das jegliche Skrupel abgelegt hatte. Womöglich war der Täter im Glauben, dass sein Opfer das Massaker nicht überleben würde, als er es am Straßenrand entsorgte. Wieder war es Doktor Kleist, der Svens Befürchtungen mit seinen Worten bestätigte.

»Die Wunden am Körper werden wir behandeln und irgendwann auch heilen können. Ich darf nur meine Bedenken anfügen, ob wir die immensen Schäden am Geist des Mädchens jemals reparieren können. Es klingt etwas absurd aus dem Mund eines Arztes, der sich der Heilung verpflicht hat. Ich wünsche mir fast, dass der Herrgott Erbarmen zeigt und das Mädel zu sich ruft, bevor sie in eine Therapie einsteigt, deren Wirksamkeit ich aus meiner Sicht anzweifeln möchte. Sie wäre lediglich ein Studienobjekt.«

»Ich danke Ihnen für die offenen Worte, Herr Kollege. Ich weiß, dass uns unser Amtseid oft davon abhält, das zu tun, was uns Herz und Verstand vorgeben. Ich verstehe Sie sehr gut. Sind Sie so lieb und informieren mich, sobald Ihnen die Laborergebnisse vorliegen. Und es wäre gut, wenn ich Abstriche aus Scheide und After zur weiteren rechtsmedizinischen Untersuchung erhalten könnte. Sicher werden Sie nichts dagegen haben, wenn ich mir die Patientin zu einem späteren Zeitpunkt einmal genauer ansehen dürfte? Hier ist meine Karte.«

Wortlos standen sich die Ermittler gegenüber und versuchten, das Gehörte zu verdauen. Zu schrecklich waren die Vorgänge, als dass man einfach so zum Alltagsgeschäft übergehen konnte. Karin folgte Sven, der sich tief in Gedanken versunken umdrehte und Richtung Aufzug schlich.

»Woran denken Sie, Sven? Darf es solche Wesen überhaupt geben, die sowas Schreckliches mit ihren Mitmenschen tun? Kein Tier würde ein anderes derart zurichten – das schafft nur der Mensch. Ich könnte mich übergeben.«

Sven Spelzer betrat den Aufzug, ohne Rücksicht darauf zu nehmen, dass sich aussteigende Besucher an ihm vorbeiquetschen mussten. Ihr Fluchen nahm er nicht wahr.

- 27 Jahre früher - Kapitel 7 -

»Kerstin, kannst du bitte die Musik etwas leiser stellen, das muss ja nicht so dermaßen laut sein? Ich verstehe hier unten mein eigenes Wort nicht mehr.«

Die Bitte von Marianne Harrer war noch nicht ganz verhallt, als ein heftiges Türknallen anzeigte, dass ihre Tochter dieser Aufforderung eher widerwillig gefolgt war. Elmar, dem dieser aktuelle Lambada-Song von Kaoma schon aus den Ohren heraushing, sah dankbar zur Decke und wünschte sich einen langfristigen Stromausfall. Er hasste diese eintönige Musik, die weltweit die Menschen verändert hatte, zumindest ihre Art, zu tanzen. Er liebte den harten Rock, der starke Emotionen hervorrufen konnte. Vater bezeichnete das zwar als nervtötenden Krach und zweifelte an, ob man das als Musik bezeichnen dürfe, doch tolerierte er sie im Hause Harrer, solange sie sich auf Elmars Zimmer beschränkte.

Seit Tagen bewegte seine Stiefschwester ihren Körper in obszöner Weise nach dieser Lambada-Melodie. Dabei durfte das gesamte Haus daran teilhaben. Vater Harrer fand das großartig, dass seine Tochter derart musikalisch war und sich so ganz nebenbei noch sportlich betätigte. Er vertrat als Sportlehrer am hiesigen Gymnasium die Auffassung, dass sich die junge Generation viel zu wenig bewegte und damit spätere gesundheitliche Probleme vorprogrammiert wären. Er sah auch durch diese neuartigen Computer eine gesundheitliche Gefahr auf die Menschheit zurollen.

Die Tür zu Elmars Zimmer flog auf und knallte gegen die Wand. Kerstin lachte schrill, als sie sah, dass sich Elmar vor lauter Schreck die Kopfhörer von den Ohren riss. Schwungvoll bewegte sie ihren Körper im Takt der lauten Musik, die nun wieder aus ihrem Zimmer durch die offenen Türen drang. Vor seinem Bett blieb sie stehen und drehte ihrem Bruder kokett den Rücken zu. Schnell erkannte der Siebzehnjährige, dass dieses Biest ihn wieder provozieren wollte. Dieses viel zu kurze Kleid war auf dem Rücken unverschlossen und der tiefe Ausschnitt ließ keine Zweifel daran aufkommen, dass sie keinerlei Unterwäsche darunter trug. Wieder einmal ein Versuch, ihn aus der Reserve zu locken. Immer wieder trieb sie dieses perfide Spiel, seitdem sie ihn eines Abends dabei erwischt hatte, als er sich auf seinem Bett liegend, selbst befriedigte.

Obwohl sie es hoch und heilig versprochen hatte, blieb es kein Geheimnis zwischen ihnen. Das war daran zu erkennen, wie ihn ihre Freundinnen ansahen, wenn sie zu Besuch kamen. Ihr Getuschel und Gekicher trieb ihn in den Wahnsinn, machte in wütend. Er musste zugeben, dass sich bereits damals eine gewaltige Portion Hass gegen seine Schwester anhäufte.

»Kannst du mir das Kleid zuziehen, Brüderchen? Ich komme nicht an den Verschluss. Du hast so warme Hände.«

Kerstin streckte ihm das Hinterteil entgegen und bewegte den Hintern direkt vor seinem Gesicht hin und her. Elmar starrte einen Augenblick gebannt auf das erregende Bild, das sich ihm bot. Kerstin war trotz ihrer erst vierzehn Jahre schon gut entwickelt, was sie immer öfter bewusst in Szene setzte. Er spürte, dass die Reize seiner Schwester bei ihm erste Reaktionen zeigten. Einen Augenblick zu spät setzte er sich auf. Kerstin hatte die kleine Beule in seiner Hose längst ausgemacht. Ihr Gesicht zeigte ein anzügliches Grinsen.

»Was haben wir denn da, Brüderchen? Will der Kleine wieder an die frische Luft? Darf ich dir zusehen, wenn du es dir ...?«

Spontan schoss ihm das Blut ins Gesicht. Elmar sprang auf, griff an den Verschluss des Kleides und zog ihn bis zur Hälfte des Rückens hoch. Ein Ausruf von der Zimmertür ließ beide zusammenfahren. Elke Harrer war, ohne dass es den beiden Geschwistern aufgefallen war, auf dem Flur erschienen und starrte gebannt auf die ausgebeulte Hose, die Elmar nicht vor ihr verbergen konnte.

»Was ... was ist denn hier los? Schämt ihr zwei euch denn nicht? Ihr seid doch Geschwister ... dann tut man das doch nicht. Ich will das einfach nicht glauben. Lass die Finger von Kerstin – sofort!«

Kerstin reagierte zuerst und drehte sich entrüstet weg von ihrem Bruder. Sie sah auf die Ausbeulung seiner Hose und schlug die Hand vor den Mund.

»Was ist denn mit dir los? Hast du mich deshalb in dein Zimmer gerufen? Du bist ein mieses Schwein. Mama, er meinte, dass mein Kleid am Hals noch offensteht. Er wollte es mir zuziehen. Und jetzt hat er es mir fast ausgezogen.

Gut, dass du noch früh genug gekommen bist. Das werde ich Papa erzählen, darauf kannst du dich verlassen.«

Weinend warf sie sich an die Brust ihrer Mutter, die beide Arme um sie schlang und aus dem Zimmer führte. Ein strafender Blick traf Elmar, der sprachlos der Szene gefolgt war. Er hatte schützend beide Hände vor seine Hose gelegt, da die entstandene Erektion einfach nicht enden wollte.

- Kapitel 8 -

»Darf ich reinkommen, Elmar? Ich würde gerne mit dir über etwas reden.«

Walter Harrer steckte den Kopf durch den Türspalt und sah zu Elmar rüber, der auf dem Bett lag und das Buch senkte.

»Du bist ja bereits drin, warum fragst du dann noch? Es geht bestimmt um diesen Scheiß mit Kerstin. Die hat ...«

»Ruhig, Elmar, lass uns das in aller Ruhe unter Männern bereden. Immer der Reihe nach. Bisher kenne ich erst die Version deiner Mutter, der ich jetzt mal ohne Bedenken Glauben schenken werde. Ich denke, da sind wir uns einig, oder?«

Elmar nickte und wollte loslegen. Den Thriller hatte er längst zugeschlagen und beiseitegelegt. Sein Vater stoppte ihn mit einer Handbewegung.

»Was deine Mutter vorfand, war doch eigentlich eindeutig. Kerstin steht mit dem Rücken zu dir in deinem Zimmer und bittet dich darum, ihr den Verschluss ihres Kleides zuzuziehen. Du stehst hinter ihr und hast einen ... sagen wir es offen, du hast einen Ständer. Was glaubst du, sollte Mutter denken? Verdammt, es ist deine Schwester. Nun gut, nicht direkt, aber es ist meine leibliche Tochter. Du kannst doch nicht ...«

Elmar sprang auf und ballte die Fäuste. Nur wenige Schritte trennten die Beiden voneinander. Der Junge suchte nach Worten.

»Es war doch ganz anders. Kerstin lügt. Sie lügt immer, weil sie mich nicht ausstehen kann. Sie wird mich nie als Bruder sehen, diese eingebildete Ziege.«

»Halt, langsam, mein Kleiner. Wir weichen vom Thema ab. Was ist denn deiner Meinung nach passiert? Ich höre.«

Elmar begann seine Wanderung durch das Zimmer und knetete seine Finger. Immer wieder sah er seinen Vater an und überlegte, wie er das Geschehen glaubhaft darstellen konnte. Ihm war schließlich klar, dass man dem eigenen Blut eher Glauben schenken würde, als einem Jungen, den man aus dem Heim geholt hatte. Nicht zum ersten Mal musste er sich gegen die Anfeindungen dieses Miststücks zur Wehr setzen. Schließlich setzte er sich wieder auf die Bettkante, presste beide Hände zwischen die Knie und senkte den Blick auf den Boden.

»Ich weiß, dass du es mir nicht glauben wirst, doch ich sage es trotzdem. Mach damit, was du willst – es ist die Wahrheit. Kerstin ist heute Mittag in mein Zimmer gekommen und bat mich tatsächlich, Ihr den Verschluss zuzuziehen. Und ja, ich hatte, wie du es so schön gesagt hast, einen Ständer. Den habe ich aber nur bekommen, weil Kerstin mir den nackten Hintern hinstreckte. Sie hatte nichts an, außer ihrem Kleid. Das wird sie euch wohl verschwiegen haben, oder? Deine leibliche Tochter wollte den Burschen anmachen, den ihr die Eltern als Bruderersatz ins Haus geholt hatten. Sie wollte mich verführen und hat das Ganze provoziert. Das ist die Wahrheit! Und jetzt kannst du das bewerten, wie du willst, ich werde es immer wieder so wiederholen.«

Die letzten Worte schrie Elmar heraus. Er warf sich rücklings auf das Bett und schlug die Arme vor das Gesicht. Walter Harrer stand wie vom Blitz getroffen vor dem Bett und versuchte, seine Erregung wieder in den Griff zu bekommen. Seine Hände hatte er zu Fäuste geballt, die er diesem Jungen am Liebsten ins Gesicht geschlagen hätte. Seine Kerstin, die er vergötterte, und Verführung – eine Kombination, die er sich weigerte, als Realität anzuerkennen. Mit einem Geständnis des Jungen hätte er gut zurechtkommen können, doch eine solche infame Lüge durfte nicht ungestraft bleiben. Er versteckte die Hände tief in den Taschen, um nichts zu tun, was er später bereuen würde. Er starrte mit wilden Augen auf Elmar, der sein Gesicht zur Wand gedreht hatte. Er schien zu spüren, welcher Kampf in seinem Pflegevater tobte.

»Du ... du wirst dich dafür bei deiner Schwester entschuldigen. Außerdem bei deiner Mutter. Sie ist völlig verzweifelt. Sie kann es einfach nicht fassen, dass der Junge, den sie aus dem Heim gerettet hat, ihr das auf diese widerwärtige Art dankt. Ich kann sie verstehen. Es muss doch auch für Kerstin ein Schock gewesen sein, dich so zu sehen. Ich meine, mit dieser ... Pfui Teufel. Ich verstehe dich einfach nicht, mein Junge. Sich als junger Mann einen runterholen ist eine Sache, aber bei der eigenen Schwester ... nein, das geht gar nicht.«

»Ich habe das nicht getan. Wie oft soll ich das noch sagen? Das soll mir dieses Miststück doch ins Gesicht sagen!«

Elmar war aufgesprungen und schrie die Worte seinem Vater ins Gesicht. Die Ohrfeige traf ihn hart auf der Wange. Entsetzt riss er die Augen auf, die sich mit Tränen des Jähzorns gefüllt hatten. Walter Harrer drehte sich um und verließ das Zimmer. Hinter ihm schlug mit lautem Getöse die Tür zu. Elmar drückte den Kopf dagegen und weinte hemmungslos. Durch das Treppenhaus schallte es drohend.

»Du wirst die kommende Woche das Zimmer nach der Schule nicht verlassen!«

Ein Nachbar, der seinen Mops Gassi führte, berichtete später einem Polizeibeamten, dass er den Harrer-Sohn tief in der Nacht, mit einem Rucksack bewaffnet, Richtung Autobahnauffahrt marschieren sah.

- *Zurück in der Gegenwart – Kapitel 9* -

»Was bist du denn für ein neugieriger Vogel? Kannst du nicht mal für einige Zeit jemand anders beobachten?«

Sven nippte an seinem Glas, nachdem er die Aufforderung in die Richtung gemurmelt hatte, aus der ihm schon seit geraumer Zeit das eigene Gesicht entgegenstarrte. Auf der vom Nikotin fast blinden Scheibe hinter dem Tresen hatte sich Svens Gesicht schon eingebrannt, ähnlich einem Computerbildschirm. An mindestens vier Tagen in der Woche saß er immer auf dem gleichen Hocker. Karla, die den Marktbrunnen schon seit über vierzig Jahren leitete, schenke ihm automatisch Bourbon mit einem Spritzer Wasser nach, bis er ohne ein weiteres Wort einen Geldschein neben das Glas legte. Sie wusste, dann war es kurz vor Schließung und ihr schweigsamer Stammgast hatte seine nötige Bettschwere. Bis dahin war noch viel Zeit, als er die bekannte Stimme neben sich hörte.

»Mir auch sowas, aber mehr Wasser bitte.«

Karla wunderte sich nicht mehr darüber, dass sich wildfremde Frauen neben diesen Mann setzten und ihn anbaggerten. Wäre sie fünfzehn Jahre jünger gewesen, dann hätte der

Typ recht gut in ihr Beuteschema gepasst. Doch damals musste sie leider jeden Abschaum ranlassen, um nicht von ihrem Zuhälter verprügelt zu werden. Ungern dachte sie an diese schlimme Zeit zurück. Die endete erst, als man den smarten Manni leblos auf der Müllhalde fand.

Das Scharren des Barhockers, der herangezogen wurde, weckte endgültig die Neugierde des Kommissars.

»Darf ich mich dazusetzen? Oder möchte unser Colombo für Arme lieber alleine sein?«

Karin Hollmann blickte in schon leicht trübe Augen. Sven wandte sich ihr zu und ein geheimnisvolles Lächeln stahl sich auf sein Gesicht.

»Zufall, Frau Doktor? Sie verfolgen mich doch wohl nicht so ganz ohne Grund, oder? Welchem Umstand habe ich diese bezaubernde Abendgesellschaft zu verdanken? Raus damit.«

Stumm stellte Karla das Glas ab, während sie einzuschätzen versuchte, warum sich eine derart gebildet aussehende Dame ausgerechnet neben den schlimmsten Gigolo des Stadtteils setzte. Irgendwann, wenn Sven sein Quantum drin hatte, würde er es ihr ohne weitere Aufforderung erzählen. Sie hatten keine Geheimnisse voreinander, waren wie Geschwister. Katja kümmerte sich schließlich um einen anderen Gast.

»Im Präsidium sagte man mir, dass ich sie hier auf jeden Fall antreffen würde. Und zu Ihrer Frage. Nein, es ist kein Zufall. Ich wollte Sie einmal außerhalb der Dienstzeit treffen und Ihre Meinung in gelöster Stimmung kennenlernen. Außerdem trinke ich mir auch mal gerne einen Kleinen zum Runterkommen. Sind das ausreichend Gründe für Sie?«

45

Sven nickte und suchte in Karins Gesicht nach Anzeichen dafür, dass sie ihm eventuell die Unwahrheit gesagt haben könnte. Unter vorgehaltener Hand flüsterte man im Präsidium darüber, dass die Abteilung für interne Ermittlungen Fragen über sein Vorgehen im Dienst stellte. Ihnen waren seine gewöhnungsbedürftigen Ermittlungsmethoden ein Dorn im Auge. Da gab es ihrer Meinung nach zu viel Schadenersatzklagen und Verletzte. Sie duldeten keine Clint Eastwood-Methoden in ihrem Zuständigkeitsbereich. Das erforderte anschließend immer wieder viel Papierkram und Rechtfertigungen gegenüber der Staatsanwaltschaft und der Abrechnungsstelle. Es mussten sogar schon Verfahren vor Gericht aufgegeben werden, weil die Verteidigung den Behörden unangemessene Brutalität und nichtlegale Ermittlungsmethoden nachweisen konnte.

»Und Svenni, habe ich den Test bestanden? Darf ich Ihnen jetzt eine Frage stellen?«

Dem Kommissar war gar nicht aufgefallen, wie lange er die Ärztin angesehen hatte. Eine leichte Gesichtsröte unterstrich das eindeutig. Er griff nach seinem Glas und trank es in einem Zug aus. Karla war das nicht entgangen. Sie schenkte nach und sortierte ihre Gläser weiter ins Regal.

»Oh, sorry, ich war völlig in Gedanken. Was gibt es so Dringendes?«

Karin Hollmann hielt ihr Glas gegen das Licht der Thekenlampe und betrachtete das goldgelbe Nass darin.

»Irgendwie beschäftigt mich diese bestialische Misshandlung an dem Mädchen. Ich meine, über etwas derart Abartiges schon einmal was gelesen zu haben. Ich weiß nur nicht wann und wo. Dieser kranke Geist muss doch schon irgendwann mit solchem Vorgehen auffällig geworden sein, oder wie sehen Sie das? Vielleicht gibt es ähnlich gelagerte Fälle, die wir nur noch nicht in einen Zusammenhang gebracht haben.«

Sven wirkte abwesend, obwohl Karin spürte, dass es in ihm arbeitete. Sie wartete geduldig auf eine Antwort, die postwendend kam.

»Sie haben das sehr gut erkannt, Karin. Genau diesen Gedanken hatte ich auch schon. Meine Mannschaft lässt schon die Daten durch den Computer laufen. Der Täter kann ja auch an anderer Stelle sein Unwesen getrieben haben. Wir haben das LKA um Hilfe gebeten. Aber das braucht seine Zeit, um Übereinstimmungen zu analysieren. Hätten Sie Lust?«

Der entsetzte Blick der Ärztin ließ Sven den Satz schnell vervollständigen. Er lachte.

»Nein, Frau Doktor, nicht was Sie denken. Ich meine, ob Sie Lust und Zeit haben, morgen früh mit mir an den Tatort zurückzukehren. Ich bin der Meinung, dass dieses Tier das Mädchen im direkten Umfeld gequält haben muss. Warum sonst sollte er sich die Mühe machen, das misshandelte Opfer wieder an den Ort zurückzubringen, an dem er den Mord begangen hat? Mir kommt es so vor, als wollte er uns etwas damit sagen. Wenn ich der Täter wäre, würde ich das Mädchen weit weg vom Geschehen aussetzen, oder besser noch, für immer verschwinden lassen. Mein Gefühl sagt mir, dass er uns einen Hinweis auf das Motiv liefern möchte. Es geschieht oft genug, dass sich Täter mit ihrer Tat brüsten möchten. Oder sie fühlen sich dermaßen sicher, dass sie uns sogar bewusst eine Spur vorgeben. Sozusagen ein Katz- und

Maus-Spiel betreiben. Also, was ist, kommen Sie mit zur Isenburg?«

Bevor Karin zusagen konnte, griff Sven in die Jackentasche und zog das Smartphone heraus, das ungeduldig vibrierte.

»Ja!«

Kommissar Spelzer lauschte gespannt. Ab und zu stellte er eine Zwischenfrage und beendete das Gespräch mit nachdenklichem Gesicht.

»Was ist los? Spucken Sie es endlich aus. Spielen Sie hier nicht den verdammt coolen Bullen.«

Sven schrak zusammen, als Karin ihn in die Seite knuffte. Ein Lächeln stahl sich sofort auf sein Gesicht, als er ihr den Gefallen tat und losplauderte.

»Das war Tillmann, ein Assistent ...«

»Ja, ich weiß, wer Tillmann ist. Lassen Sie hören!«

»Wir wissen jetzt, wer das Mädchen ist. Als ich gestern bei den Eltern von dem getöteten Jungen war, konnte ich der Aussage seines Vaters, diesem Klaus Klever, nicht glauben. Der gibt seinem Sohn den Wagen für ein Date und weiß nicht, mit wem sich der Bursche trifft. Schon komisch. Nun ja, jetzt haben wir uns alle Vermisstenanzeigen der letzten Tage näher angesehen und siehe da ... Bingo. Die Eltern sind schon auf dem Weg ins Krankenhaus. Ich kann mir vorstellen, wie froh die Schobers sein werden, ihre Tochter lebend wiedergefunden zu haben. Verdammt, das muss doch die Hölle für die sein, wenn sie ...«

Karin Hollmann starrte stumm auf den Thekenspiegel und stellte so nebenbei fest, wie müde und abgespannt sie aussah. Irgendwann in den nächsten Tagen musste sie unbedingt freimachen und drei Tage hintereinander nur schlafen, die Batterie wieder aufladen.

»Haben Sie mir überhaupt zugehört, Frau Doktor Sauerbruch? Ich glaube das einfach nicht. Ich teile mit dieser Frau auf dem Hocker neben mir tiefste, kriminaltechnische Geheimnisse. Und was macht sie? Sie betrachtet sich selbstverliebt im Spiegel. Bedienung, zahlen!«

»Sie sind ein angetrunkenes Arschloch. Ich denke nach, verdammt nochmal. Sollten Sie nicht ein paar Worte mit den Eltern von diesem Mädchen wechseln?«

»Genau das werde ich morgen früh tun, gnädige Frau.«

»Ich komme mit!«

- Kapitel 10 -

Das trübe Wetter passte sich dem Zweck des Besuchs bei den Schobers an. Sven hatte den Motor abgestellt und betrachtete das Mietshaus, das in seinem tristen Grau wenig dazu beitrug, die Stimmung der beiden Besucher anzuheben. Karin Hollmann drängte ihn nicht, auszusteigen, obwohl sie es eigentlich war, die ständig aufs Tempo drückte. Sie konnte sich gut vorstellen, wie es in Sven aussah.

»Scheiße. Was muss jetzt in den Eltern vorgehen, nachdem sie doch das ganze Ausmaß dieser Tat erkannt haben müssten? Ich würde durchdrehen, wenn das meine Tochter wäre. Ich möchte es einmal aus der Distanz beschreiben, aus der ich es ja auch leichter betrachten kann. Es wäre vielleicht besser für das Mädchen gewesen, sie hätte es nicht überlebt. Das wird sie niemals wieder vergessen können. Man kann ihr nur wünschen, dass ihre Erinnerung nie mehr zurückkehrt.«

»Sven, das dürfen Sie nicht sagen. Das will ich nie wieder aus Ihrem Mund hören. Verstanden? Wir wissen nicht, wie stark dieses Mädchen tatsächlich ist. Wir müssen alles versuchen, ihren Geist zu heilen. Sie hat ein normales Leben verdient, so wie alle anderen. Gott nochmal, sie ist noch so jung. Sie hat viel Zeit, alles zu verarbeiten. Es ist zwar ein langer Weg, aber es gibt ihn schließlich. Lassen Sie sich gleich da drin bloß nicht zu solchen Aussagen hinreißen. Das bringt diese armen Menschen um.«

Sven öffnete wortlos die Tür und wartete, bis Karin ebenfalls ausgestiegen war. Die Haustür öffnete sich mit einem Ruck und gab den Blick frei auf einen kleinen Indianer von etwa fünf Jahren. Der Knirps wirbelte herum und verschwand mit wildem Indianergeheul in den Tiefen der Diele. Sven sah irritiert auf seine Hand, in der er seinen Dienstausweis immer noch vorgestreckt hielt. Karin konnte ein Schmunzeln nicht verbergen, was jedoch sofort verschwand, als sich ihnen Sigfrid Schober aus einem Nachbarraum näherte.

»Kommen Sie bitte herein. Sie sind doch bestimmt dieser Kommissar, der sich angemeldet hat, oder? Meine Frau zieht sich noch etwas über. Sie hat heute etwas länger geschlafen, nachdem wir gestern ...«

»Kein Problem, Herr Schober. Mein Name ist Spelzer und das ist meine Kollegin aus der Rechtsmedizin, Frau Doktor Hollmann. Lassen Sie sich Zeit. Wir können warten.«

Sven kannte diese Szenen nach vielen Jahren in der Mordkommission zur Genüge. Immer wieder zog ihn die Atmosphäre runter. Während er den leicht gebeugten Rücken dieses stattlichen Vaters betrachtete, der vor ihnen herging, erinnerte er sich an den besonderen Tag in seinem Leben. Die Bilder würden niemals verschwinden. Sie tauchten häufig in den Träumen auf, die ihn nach seinen Saufgelagen in den Morgenstunden quälten.

Die Silhouetten der beiden Männer zeichneten sich vor dem hellen Hintergrund des Morgenhimmels ab, als der kleine Sven mit seinen zehn Jahren die Tür öffnete. Der Schultornister drückte auf dem schmalen Rücken. Es blieben ihm noch fünfzehn Minuten, in denen er den Schulweg geschafft haben musste.

»Hier sind zwei Männer an der Tür. Ich lauf schon mal los. Tschüss Papa.«

Carsten Spelzer sah seinem Spross hinterher, der in Windeseile um die nächste Ecke verschwunden war. Ein Tag, wie jeder andere, glaubte er. Er bat die beiden Männer herein.

Am frühen Nachmittag kehrte der kleine Svenni, wie er liebevoll in der Nachbarschaft gerufen wurde, von der Schule zurück. Die hektische Betriebsamkeit vor dem Haus erregte sofort die Aufmerksamkeit des Kleinen. Polizei, Krankenwagen, direkt vor ihrem Haus. Da musste irgendwas passiert sein. Seine Neugierde war geweckt. Sicher hatte Oma Seifert wieder einen Herzanfall und wurde in ihrer Wohnung im zweiten Stock behandelt. Hauptsache, es gab wieder Gesprächsstoff auf dem Spielplatz.

Sven kramte seinen Haustürschlüssel aus der Tasche und stieß einem Polizeibeamten die schwere Tür in den Rücken.

»Oh, Entschuldigung. Das wollte ich nicht. Kann ich mal vorbei?«

»Wo willst du denn hin?«

Svens kleine Hand wies wortlos auf die offenstehende Tür der Parterrewohnung. Er spürte die Hand des bulligen Beamten auf seiner Schulter, die ihn zurückhielt. Erstaunt sah er auf.

»Ich wohne hier. Lassen Sie mich bitte ...?«

»Dann bist du sicher Sven Spelzer. Kommst du mit mir, ich möchte dir jemanden vorstellen?«

Verständnislos blickte Sven hoch zu dem riesigen Polizisten, der ihn an der Hand in Richtung eines blauen Passats begleitete. Kurz bevor sie das Auto erreichten, öffnete sich die hintere Tür und eine freundlich lächelnde, junge Frau stieg aus. Sie ging in die Hocke und erwartete Sven, indem sie ihm die Hand entgegenhielt.

»Hallo, Svenni. Ich habe schon auf dich gewartet. War es schön in der Schule? Komm, wir setzen uns ins Auto, dann können wir besser miteinander sprechen.«

Etwas schnürte dem Kleinen die Kehle zu, was er jedoch nicht erklären konnte. So schonend wie es möglich war, überbrachte ihm diese Frau eine Nachricht, die sein ganzes Leben verändern sollte.

Erst viele Jahre später, als er sich bei Tante Regina in Haltern eingelebt hatte, realisierte er das Geschehen tatsächlich und fasste den entscheidenden Entschluss, später zur Polizei zu gehen.

Mama hatte ein Spaziergänger mehr durch Zufall in einer Schrebergartenhütte gefunden, weil er die Gasflaschen austauschen wollte. Sie war noch am selben Morgen auf dem Weg zu ihrer Arbeit im Supermarkt abgefangen und in dieser Hütte brutal misshandelt und getötet worden. Deshalb waren morgens die Kripoleute bei Papa aufgetaucht. Das Schreckliche nahm seinen Lauf. Im Kohlenkeller fand ein Nachbar seine Leiche. Der Schmerz über den Tod seiner geliebten Frau hatte ihn noch am gleichen Tag in den Tod getrieben. Der Schock war dermaßen groß, dass er keinen Gedanken an seinen minderjährigen Sohn verschwendete, bevor er den Strick um den Hals legte.

»Sven, hallo, wo sind Sie mit Ihren Gedanken? Menschenskind, kommen Sie wieder zu sich. Sie schwitzen ja.«

Karin Hollmann zog heftig an Svens Ärmel. Ihm war völlig entgangen, dass sie bereits auf einer breiten Couch Platz genommen und Frau Schober gerade den Raum betreten hatte. Er stand auf und begrüßte eine Frau, deren kleine Lachfalten um die Mundpartie andeuteten, dass sie in einer Zeit vor diesem Ereignis sicher eine Frohnatur gewesen sein musste. Jetzt verbarg sie ihre natürliche Schönheit hinter einer Maske, die nur noch pure Apathie zeigte. Siegfrid Schober half seiner leicht schwankenden Frau in den Sessel, in dem sie sich mit angezogenen Beinen wie ein Kind rollte. Von oben erschallte das Geheul spielender Kinder. Karin war es, die das bedrückende Schweigen endlich unterbrach.

»Wir wissen, wie schwer es für Sie sein muss, so kurz nach dem Schock über alles zu sprechen. Aber verstehen Sie uns auch, dass wir versuchen wollen, den Täter so schnell wie eben möglich zu finden, der Ihrer Tochter das angetan hat.«

Sven spürte, dass Karin Hollmann die Initiative ergriffen hatte, da sie bei ihm eine Ausnahmesituation vermutete. Er unterbrach sie deshalb an dieser Stelle und fuhr fort.

»Dass wir sie schon so früh mit unseren Fragen belästigen, hat seinen Grund darin, dass wir die frischen Spuren und Erinnerungen für unsere Ermittlungen nutzen müssen.

Da wir uns ja noch am Anfang der Suche befinden, ist jede noch so scheinbar unwichtige Kleinigkeit von Bedeutung. Wir sind darauf angewiesen, dass irgendjemand irgendwann eine Beobachtung gemacht hat, die uns weiterhilft. Nun muss ich allerdings direkt zu Anfang in einer schlimmen Wunde bohren. Bitte geben Sie uns einen genauen Überblick, was man Ihnen im Krankenhaus bereits mitgeteilt hat. Wir müssen uns ein Bild davon machen, wie Ihr Kenntnisstand derzeit ist. Fühlen Sie sich dazu in der Lage?«

Sven entging nicht, wie Rita Schober die Schultern noch stärker zusammenzog und sich die Augen mit Tränen füllten. Ihr Mann warf ihr einen sorgenvollen Blick zu und ergriff ihre Hand.

»Meine Frau kann dazu nichts sagen, da sie bei dem Gespräch mit dem Arzt nicht dabei sein wollte. Sie hat vor wenigen Wochen schon den Tod ihrer Mutter überstehen müssen und wird noch therapeutisch behandelt. Ich wollte sowieso eine Zigarette im Garten rauchen. Können wir ...?«

Sven erhob sich. Ein kurzer Blickkontakt genügte, um Karin deutlich zu machen, dass sie bei der Mutter bleiben sollte. Eventuell war etwas aus ihr rauszuholen – so von Frau zu Frau. Er folgte Siegfrid Schober, der bereits rauchend neben einer steinernen Buddhastatue stand. Dankend lehnte Sven die angebotene Zigarette ab.

»Danke, nein. Habe vor zehn Jahren damit aufgehört und mit dem Sport angefangen.«

Schober nickte nur stumm und saugte wie ein Ertrinkender an der Kippe. Sein Blick war in die Ferne gerichtet. Übergangslos kam die Frage.

»Was wollen Sie wissen, Herr Kommissar?«

»Erzählen Sie mir, was Ihnen der Arzt zum Zustand Ihrer Tochter erzählt hat. Ich will mir ein Bild davon machen können, was Sie wissen und fühlen. Und dann muss ich Sie um etwas bitten, was Sie wohl kaum verstehen werden. Und doch ist es eine Routinefrage, die ich Ihnen einfach stellen muss. Doch zuerst die Diagnose bitte.«

Noch immer sah Schober über die halbhohe Hecke hinweg in den trüben Himmel.

»Der Arzt, ich weiß nicht mehr seinen Namen, sprach etwas von einem Drogencocktail, den man Sandra verabreicht hat, bevor ... Sie soll vergewaltigt und gefoltert worden sein. Man hat sie in ein künstliches Koma versetzt, um sie besser behandeln zu können. Dieses Schwein soll ihr die Fuß- und Fingernägel herausgerissen haben. Ich darf mir das nicht vorstellen. Wie kann man das einem Menschen antun, den man gar nicht kennt? Wenn ihre Wunden an Händen und Füßen wieder verheilt sind, wird man sie zur Beobachtung in die Psychiatrie verlegen. Keiner konnte mir sagen, wann sie wieder nach Hause kann. Die haben nur so vage Andeutungen gemacht, dass sie eventuell in eine Therapie muss. Mehr kann ich Ihnen nicht dazu sagen.«

Schober litt wie ein Tier. Sven war das Zittern nicht entgangen, das immer wieder in Wellen durch den Körper des Vaters lief. Er straffte sich dennoch und sah dem Kommissar fest in die Augen.

»Was wollen Sie noch von mir wissen?«

»Ich möchte Sie bitten, sich an die Zeit vor dieser Tat zu erinnern. Wussten Sie von der Beziehung zu dem Jungen?«

»Meine Frau hat mir zwei Tage vorher davon erzählt. Sie meinte, dass es ein anständiger Junge wäre, den Sandra vor

Wochen in einer Schul-Disco kennengelernt hat. Ich wollte den Burschen eigentlich mal zu uns einladen. Hätte ich das gewusst, ...«

Siegfrid Schober überfiel ein plötzlicher Weinkrampf. Er stieß seine Stirn gegen den rauen Putz der Hauswand, spürte nicht den Schmerz und das Blut, das ihm über die Wange lief. Sven reichte ihm ein Taschentuch, das Schober gedankenverloren annahm.

»Sie wollte Lehrerin werden, wollte Kindern eine Zukunft geben. Dieses Schwein hat alles kaputt gemacht. Er hat ihr die Seele genommen. Warum gerade sie, warum meine Sandra? Ich hatte mir so sehr eine Tochter gewünscht. Er hat sie mir wieder genommen. Meine Frau wird das nur schwer überwinden. Was soll nun mit uns werden? Da ist doch noch Joel. Der hat von alledem noch nichts mitbekommen. Er fragt immer wieder nach seiner großen Schwester. Was soll ich ihm antworten? Ich kann dem kleinen Kerl doch nicht die Wahrheit sagen.«

Die letzten Worte hatte Schober so laut gesprochen, dass Karin in der Terrassentür erschien und ihn sorgenvoll betrachtete.

»Finden Sie das Schwein. Kreuzigen sollten wir ihn und vierteilen, wie im Mittelalter. Diese Menschen haben es nicht verdient zu leben. Warum vergehen sie sich an unschuldigen Kindern? Ich verstehe das nicht.«

Jetzt war es Frau Schober, die plötzlich wie ein Geist neben ihrem Mann auftauchte und den Arm um ihn legte. Minutenlang hielten sich die Zwei umfangen und schwiegen. Von einem tiefen Seufzer begleitet befreite sich Siegfrid Schober zärtlich aus der Umarmung und begleitete seine

Frau zurück in ihren Sessel. Er wandte sich wieder gefasster an den Kommissar.

»Entschuldigen Sie bitte. Was möchten Sie noch von mir wissen?«

»Da gibt es nichts zu entschuldigen, Herr Schober. Wir können Sie sehr gut verstehen. Glauben Sie uns, dass wir alles daran setzen werden, um das Verbrechen schnell aufzuklären. Können Sie uns sagen, ob Ihnen in den letzten Tagen irgendwas Außergewöhnliches auffiel. Ich meine damit ein unbekanntes Fahrzeug, das sich auffällig oft hier aufhielt. Vielleicht eine Person, die das Haus beobachtete. Jede Kleinigkeit ist für uns wichtig. Bitte denken Sie nach.«

»Ich kann Ihnen da wirklich nicht weiterhelfen, da ich tagsüber nicht im Haus bin. Ich arbeite meist als Handelsvertreter den ganzen Tag im Außendienst. Ich habe die Frage schon an meine Frau gestellt. Aber sie kann sich auch an nichts erinnern. Wer denkt denn auch schon an sowas und beobachtet deshalb unablässig die Umgebung? Können wir Ihnen sonst wie helfen? Sie hatten doch noch eine Frage, die Ihnen unangenehm war. Ich höre.«

Karin sah erstaunt zu Sven auf, der aufgestanden war und diverse gerahmte Bilder auf einem Sideboard betrachtete, die eine glückliche Familie zumeist im Urlaub zeigten.

»Ich muss diese Routinefrage immer stellen, Herr Schober. Wir grenzen damit den Kreis der Verdächtigen ein.«

»Was heißt hier Verdächtige? Wollen Sie etwa wissen, wo ich mich zur Tatzeit aufgehalten habe? Sind Sie denn wahnsinnig? Ich bin der Vater. Verlassen Sie bitte die Wohnung – sofort. Ich glaube das einfach nicht. Hauen Sie bloß ab – alle beide!«

Frau Schober versuchte Karin an der Hand zurückzuhalten. Ihr Blick sollte eine Entschuldigung für das Benehmen ihres Mannes andeuten. Achselzuckend machte sich Karin frei und zerrte Sven zur Tür.

»Hat der Alkohol jetzt schon Ihre letzten Benimmregeln weggefressen. Was sollte das mit dem Alibi des leidgeprüften Vaters? Hat der nicht schon genug gelitten? Jetzt unterstellen Sie dem armen Mann noch, dass er eventuell verdächtig sein könnte. Mann, jetzt verstehe ich so allmählich, warum keiner mit Ihnen zusammenarbeiten will. Sie sind ein richtiges ...«

»... Arschloch, ich weiß.«

»Genau das wollte ich sagen. Alles Weitere halte ich für mich. Gehört das eigentlich mit zum Eignungstest eines Kommissars, dass man sich so beschissen benehmen muss?«

Sven stieg in den Wagen und sah auf das Display seines Telefons. Er las eine Nachricht und sah Karin ruhig an.

»Hören Sie mir jetzt auch mal zu, Frau Doktor. Wir können unsere Jobs nicht miteinander vergleichen. Sie können Fehler am laufenden Band machen. Ihre Kunden beschweren sich nicht mehr. Selbst wenn Sie mal mit dem Skalpell abrutschen. Die sind auch nicht beleidigt, wenn Ihnen mal was Fieses rausrutscht. Das Ergebnis ist wichtig. Und nur in diesem Punkt können wir uns vergleichen. Damit ich aber zu stichhaltigen Ergebnissen komme, trete ich vorher in tausend Fettnäpfchen. Wenn ich bei meinen Ermittlungen immer vorher in den Knigge schiele, werde ich keinen Fall lösen. Das Leben außerhalb der heilen Welt läuft nicht nach Ihren Regeln ab. Ich bewege mich im Dreck, den mir meine Mitmenschen hinterlassen. Darin wühle ich herum. Meine Kunden liegen auch nicht ruhig auf dem Seziertisch – meine Kunden wehren sich, sie betrügen, morden, täuschen und tarnen. Und eines noch zum Schluss: Ich musste schon Täter hinter Schloss und Riegel bringen, die aus der eigenen Familie stammten. Darunter waren auch Väter. So, das Arschloch ist fertig mit der Predigt.«

Karin Hollmann war dem Vortrag aufmerksam gefolgt, betrachtete Sven vom Beifahrersitz aus. Ihre normale Gesichtsblässe war einem kräftigen Rot gewichen. Wütend riss sie die Tür wieder auf.

»Ich laufe zurück, Sie ... Sie ...«

»... Arschloch«, vervollständigte Sven trocken Ihren Satz.

Ein Lächeln überzog sein Gesicht, als er den Blinker setzte. *Wenn sie wütend ist, hat sie was Besonderes*, schoss es ihm durch den Kopf. Das Klingeln seines Telefons holte ihn wieder in die Realität.

- Kapitel 11 -

»Kommissar Spelzer? Ich wollte Ihnen nur Bescheid geben, dass wir die Ergebnisse aus dem Krankenhaus vorliegen haben. Außerdem will Sie der Chef sehen.«

Die rauchige Stimme von Frau Krassnitz, die im Kommissariat Schreib- und Teile der Recherchearbeit-Arbeit übernommen hatte, schallte durch die Lautsprecher. Minuten später stellte er das Fahrzeug vor dem Präsidium ab.

»Was haben wir? Zeigen Sie mal her, Frau Krassnitz.«

»Liegt auf Ihrem Schreibtisch, Chef. Denken Sie an den Alten?«

»Ja, ja, das hat Zeit. Der braucht wohl wieder Jemanden, an dem er seinen Frust abbauen kann.«

»Das, Spelzer, werden Sie erst dann mit Gewissheit sagen können, wenn Sie mein Zimmer wieder verlassen haben. Jetzt rein mit Ihnen, aber sofort!«

Der kahlrasierte Kopf des Kriminalrats hatte sich durch die Türöffnung geschoben, ohne dass es einer der Anwesenden bemerkt hatte. Sven klemmte sich die Unterlagen unter den Arm und blickte rüber zu Krassnitz, die krampfhaft versuchte, das Grinsen zu unterdrücken.

»Setzen Sie sich, Spelzer!«

Kriminalrat Fugger wuchtete seinen imposanten Körper in den Drehstuhl, der dezente Schmerzensschreie ausstieß. Die meinte Spelzer zumindest, wahrgenommen zu haben. Bis auf eine Akte war der Schreibtisch penibel aufgeräumt. Lediglich ein Tablett mit Wasser und einer Teetasse stand im rechten Winkel zur Tischkante. Sven kochte innerlich, wartete jedoch geduldig ab, dass dieses Telly Savallas-Imitat endlich mit seinem Anliegen rauskam.

»Wie weit sind Sie mit dem Fall Kladicz?«

Völlig konsterniert betrachtete Sven das ernste Gesicht seines Vorgesetzten. Der Fall Kladicz war von der Abteilung selbstverständlich bis auf Weiteres auf Eis gelegt worden, da man den aktuellen Mordfall an der Isenburg ganz nach oben auf die Prioritätenliste gesetzt hatte. Zugegeben, es war eine einsame Entscheidung der Ermittler, ohne den Chef darüber zu informieren. Doch erschien es für alle logisch, dass dieser Mordfall wichtiger war als die langwierige Ermittlung in diesem dreckigen Bandenkrieg. Sollten sich die Wahnsinnigen doch selbst eliminieren, dann würde der Rest schneller zu entsorgen sein. Sven hatte da eigene Vorstellungen.

»Spelzer? Sind Sie noch bei uns? Hat Sie meine Frage nicht erreichen können? Kladicz – ich sagte Kladicz!«

Sven zuckte zusammen und stopfte seine Unterlagen in die Innentasche seines Sakkos.

»Den Fall Kladicz habe ich zurückgestellt, als wir den ermordeten Jungen an der Isenburg fanden. Ich dachte, das wäre auch in Ihrem Sinne, Chef. Die Medien, ich meine, die Öffentlichkeit zeigt ein riesiges Interesse an diesem Fall. Wir müssen liefern.«

»Das klingt ja wirklich interessant. Mein lieber Herr Spelzer, dem ich den Fall Kladicz übertragen habe, hat in seiner enormen Weitsichtigkeit anders entschieden.« Wieder glaubte Sven, ein befreiendes Stöhnen zu vernehmen, als Kriminalrat Fugger seine gefühlten einhundertachtzig Kilo aus dem Drehstuhl erhob und zum Fenster schleppte. Mit beiden Händen in den Hosentaschen drehte er dem Kommissar den Rücken zu. Während er die gegenüberliegenden Gerichtsgebäude betrachtete, das wusste Sven, baute sich in ihm eine immense Wut auf. Jeden Augenblick musste sie zum Ausbruch kommen. Umso erstaunter war Sven, als sich der Fleischberg langsam umdrehte und ein Lächeln seinen Mund umspielte. Noch wusste Sven nicht, was er als gefährlicher einzuschätzen hatte: den zu erwartenden Wutausbruch oder dieses Lächeln.

»Kommen Sie Sherlock, dann liefern Sie mir erste Erfolgsberichte. Ich denke, dass die Lösung des neuen Falles nicht allzu lange auf sich warten lässt. Schon Verdächtige im Auge? Lassen Sie mich teilhaben an Ihren Erfolgen. Los, mein Lieber.«

Die ungewohnte Lockerheit des Vorgesetzten machte Sven nervös. Verzweifelt versuchte er, die Ausdrucke, die er zuvor in die Jackentasche gepresst hatte, wieder herauszubekommen. Amüsiert verfolgte Fugger sein Bemühen.

»Was ist los? Muss mein Supercop vom Zettel ablesen? Fangen Sie endlich an.«

Endlich gelang es Sven, das Papier wieder zu befreien. Schnell überlas er das Geschriebene und straffte den Körper.

»Den Jungen, den wir mit durchtrennter Kehle am Tatort in der Nähe der Isenburg fanden, konnten wir schnell anhand

63

des Wagens als Reiner Paschke identifizieren. Auch das Mädchen, mit dem er zusammen am Tatort war, konnten wir recht schnell durch eine Vermisstenmeldung als Sandra Schober festmachen. Die junge Dame hat der Täter verschleppt und am Folgetag aufs Schwerste verletzt in der Nähe des Tatortes auf der Heisinger Straße entsorgt. Ein Ehepaar fand das Mädchen in der Nacht unbekleidet am Straßenrand.

Wie ich gerade aus den ersten Berichten des Krankenhauses lesen konnte, wurde dem Mädel ein Drogencocktail intravenös gespritzt, bevor der Täter sich an ihr verging. Mehrfach, sogar anal wie vaginal mit einem stumpfen Gegenstand. Außerdem wurden ihr sämtliche Finger- und Fußnägel herausgerissen. Wie ich heute bei meinem Besuch der Eltern herausfand, war zumindest die Mutter in diese Beziehung eingeweiht. Sobald wir die Abstriche aus After und Vagina des Opfers erhalten, kann die Rechtsmedizin die DNA ermitteln. Wir erhoffen uns dadurch nähere Hinweise.

Am Fahrzeug selbst haben wir zwar Fingerabdrücke nehmen können, die jedoch allesamt der Familie und dem Mädchen zuzuordnen sind. Wir tippen darauf, dass der Täter Handschuhe trug und die Tat somit geplant war. Ich vermute sogar, dass wir keinerlei Sperma finden werden. Dieses Tier wird ein Kondom benutzt haben. Das wiederum lässt die Annahme zu, dass der Täter bereits anderswo tätig war. Ich möchte eine Anfrage auch beim LKA veranlassen, ob ähnlich gelagerte, ungelöste Fälle bereits andernorts aktenkundig sind. Das macht der Typ nicht zum ersten Mal, da bin ich mir sicher. Wir könnten es mit einem Serientäter zu tun haben.«

Fugger hatte interessiert zugehört. Seine mächtige Gestalt zeichnete sich dunkel gegen das helle Fenster ab. Sven wartete auf weitere Fragen.

»Gut Spelzer. Machen Sie da weiter. Ich will diesen Kerl an den Eiern haben. Wenn Sie Hilfe brauchen, sagen Sie mir Bescheid. Wir bilden eine Soko. Doch lassen Sie uns nochmal auf den Fall Kladicz zurückkommen. Wie war es möglich, dass fast sämtliche Zeugen in dem verdammten Bandenkrieg auf natürliche Weise verstarben und postwendend eingeäschert wurden? Gut, wir haben erst später festgestellt, dass sie als Zeugen infrage kamen, aber das ist doch nicht normal. Haben Sie denn wenigstens diesen wichtigsten Zeugen, diesen Borawski, auffinden können?«

Mittlerweile hatte Sven seine Selbstsicherheit wiedergefunden. Er stellte sich neben seinen Chef ans Fenster.

»Mir gefällt eine Sache überhaupt nicht. Bei allen drei mutmaßlichen Zeugen habe ich mir den Totenschein angesehen und jedes Mal die gleiche Unterschrift entdeckt. Immer war es ein Doktor Speicher, der einen natürlichen Tod bescheinigte. Das erleichterte den Angehörigen das schnelle Einäschern, bevor wir die Leichen in die Rechtsmedizin holen konnten. Chef, Sie kennen meine Meinung zu diesem Verfahren. Ich habe stets die Meinung vertreten, dass bei der Feststellung der Todesursache nur speziell geschulte Ärzte herangezogen werden sollten. Welcher Hausarzt untersucht denn einen Verstorbenen auf verdächtige Verletzungen? Ich habe von Fällen gehört, in denen der Arzt nicht einmal das Zimmer betreten hat. Erinnern Sie sich noch an den Fall, als man bei der amtsärztlichen Leichenschau im Krematorium noch die Messerklinge im Kopf des Toten fand? Ich denke, dass da einige Dollars geflossen sind, was wir natürlich jetzt nicht mehr nachweisen können. Ich darf gar nicht darüber nachdenken, wie viele Tötungsdelikte durch die Unfähigkeit der Ärzte unaufgeklärt bleiben. Und diesen Borawski werden wir wohl nie mehr wiedersehen. Entweder hat man auch diesen entsorgt oder zumindest aus der Schusslinie gebracht. Der wird sich wohl in der Karibik in der Sonne räkeln oder schlummert mit Betonfüßen am Boden des Baldeney-Sees. Bei diesem Kladicz müssen wir auf einen dicken Fehler hoffen, oder darauf, dass ihn ein Konkurrent unbewacht erwischt. Dann sind wir die Sorge endgültig los.«

Kriminalrat Fugger sah Sven von der Seite an, sagte aber nichts.

»Kann ich jetzt am Fall Schober weitermachen, Chef? Ich hoffe, dass uns die Liste vom LKA weiterbringen wird. Das spüre ich. Diese Bestie hat schon irgendwo anders getötet. Der macht wie alle anderen Killer irgendwann einen Fehler. Und dann greifen wir ihn uns.«

»Gut Spelzer, bleiben Sie dran. Aber morgen früh um zehn will ich Sie auf der Pressekonferenz sehen. Pünktlich, damit wir uns richtig verstehen. Geben Sie mir Bescheid, wie viel Leute Sie für den Fall brauchen.«

Erleichtert verließ Sven das Büro und spurtete zur Treppe. Völlig in Gedanken wechselte er in den Gang, der ihn zu seinen Diensträumen führte. Den Zusammenprall konnte er nicht mehr verhindern.

- Kapitel 12 -

Die Arme hatte er spontan um Karin Hollmann gelegt, die gerade den Weg zur Treppe suchte. Sven gewann zuerst seine Fassung zurück.

»Upps. Nun gut, wenn Sie es so nett vortragen – ich nehme Ihre Entschuldigung an.«

Die Augen der Ärztin zeigten erst eine Mischung aus Empörung und Überraschung, das Lachen konnten sie allerdings nicht völlig unterdrücken.

»Sie sind ein unverbesserlicher Egomane. Halten Sie sich für die Reinkarnation von Casanova? Was glauben Sie ...?«

»Ruhig, Frau Doktor. Gerade haben wir Frieden miteinander gemacht und schon suchen Sie den nächsten Krieg. Ich bin ja schon froh, dass Sie von dem *Arschloch* weggekommen sind. Was treibt eine so schöne Frau in den Flur, auf der ein Kriegsgegner sein Büro hat?«

»Hören Sie, Sven, dieses Schleimen kommt bei mir nicht an, das verpufft wirkungslos. Ich bin dagegen immun, damit Sie das wissen.«

Sven Spelzer verkniff sich weitere Bemerkungen zu diesem Thema, sah Karin nur stumm an.

»Also, ich wollte mir die Ergebnisse aus dem Krankenhaus ansehen. Die sind versehentlich an Sie geschickt worden. Könnten Sie mir ...?«

»Natürlich könnte ich das tun. Allerdings nur unter der Bedingung, dass Sie heute Abend mit mir essen gehen. Wir müsen noch die Friedenspfeife rauchen. Das ist der Deal. Einverstanden?«

»Was ist eigentlich mit Ihnen los? Halten Sie sich für so unwiderstehlich, dass ich mich von Ihnen erst anblaffen lasse, um dann anschließend wegen Ihres unglaublichen Charmes dahinzuschmelzen? Träumen Sie weiter von einer Karriere eines Don Juan. Vielleicht kommt Ihr Gesülze bei den Damen an, die hin und wieder Ihr Bett teilen. Ich bin gegen Typen wie Sie völlig immun. Außerdem würde mein Verlobter ...«

»Ihr Verlobter? Sprechen Sie von dem Typ, den Sie vor zwei Jahren in die Wüste geschickt haben?«

»Das ist ja wohl nicht wahr. Sie haben tatsächlich hinter mir herspioniert, Sie ...«

»... Arschloch. Das hatten wir doch schon, Frau Doktor. Ich habe nicht spioniert. Das mit Ihrem Typen weiß hier jeder im Präsidium. Also, treffen wir uns hier vor dem Haus oder soll ich Sie zuhause abholen? Sagen wir so um acht?«

Karin Hollmann verdrehte in ihrer Verzweiflung die Augen, konnte jedoch das Lächeln nicht verstecken, das sich sogar in ihren Augen zeigte. Sie tippte mit dem Finger an Svens Brust.

»Das ist rein dienstlich, Herr Kommissar, rein dienstlich. Also gut. Dieses eine Mal. Um acht bei mir. Ich muss Ihnen ja nicht erklären, wo ich wohne, oder?«

Jetzt war es Sven, dessen Grinsen eine Antwort ersetzte. Er machte eine einladende Handbewegung Richtung Büro.

»Das kann kein Profi in Sachen Drogen sein. Die Zusammensetzung der Stoffe, die Sandra Schober verabreicht wurden, ist sowas von grauenhaft gepanscht. Hauptsächlich psychotrope Stoffe, die eine Veränderung des Bewusstseins und der Wahrnehmung hervorrufen. Das Labor hat dabei Substanzen herausgefiltert, die in Teilen der Welt sogar als Genussmittel genutzt werden. Sie fanden Cannabis, Koka, Betel und Kath. Dieses Dreckschwein hat sogar Schlaf-, und gleichzeitig Aufputschmittel reingemixt. Total krank der Mensch. Dass sie dieses Gebräu überhaupt überlebt hat, wundert mich. Aber die Folgen sind ja schon jetzt beängstigend. Eine kleine Dosis mehr, und sie wäre für immer erlöst gewesen.«

Mit gefurchter Stirn studierte Karin den Bericht aus dem Krankenhaus. Immer wieder schüttelte sie den Kopf. Die Beschreibung der Verletzungen verursachten schon beim Lesen Schmerzen.

»Dieses Biest sollte man wirklich vierteilen. Ich kann den Vater verstehen. Wie viel Hass muss in diesem Täter stecken, damit er sich dermaßen weit von Menschlichkeit entfernt? Der muss Schreckliches erlebt haben, um das einem anderen Menschen anzutun.«

Sven stellte mit einer gewissen Genugtuung fest, dass auch Karin Hollmann mittlerweile ihre Ablehnung gegen diese Verbrecher nach außen trug. Sie spürte selbst Hass auf den Täter. Er schwieg und wartete darauf, dass sie ihre Analyse fortsetzte.

»Es war ja bereits vermutet worden, dass kein Sperma zu finden war. Geschützter Sex bei einer Vergewaltigung, man darf sich diese Kälte und Vorausschau überhaupt nicht vorstellen. Es ist natürlich jetzt viel zu spät, um sonstige DNA am Körper von Sandra Schober zu suchen. Sie dürfte längst clean sein. Scheiße.«

Immer mehr legte Karin die Coolness ab, die sie bisher wie ein Kokon umgab. Sven registrierte mit Freude, dass auch in ihr eine andere, verletzliche Person existierte. Die meisten Menschen verbargen eine zweite Persönlichkeit, die sie versteckt hielten und nur bewusst herausließen, wenn sie sich unbeobachtet fühlten. Der Unterschied zum gestörten Geist bestand einfach darin, dass diese eine psychogene Gedächtnisstörung besaßen, die verhindert, dass die eine von der anderen Persönlichkeit weiß.

Er als erfahrener Ermittler wusste das und brachte diese multiplen Personen zum Sprechen. Viele Kollegen hielten seine Theorie für völlig aus der Luft gegriffen, denn sie sahen immer nur das Bild der dissoziativen Identitätsstörung, einer Krankheit. Klar, kann es krankhaft sein, doch nur dann, wenn diese Persönlichkeiten ohne Wissen des Kranken um die Vorherrschaft kämpften und das klare Denken irrational gestalteten.

Für Sven gab es auch die schwache Form, dieses bewusste *Eine-Rolle-Spielen*. Dieses Verhalten konnte man sehr gut an Verkäufern feststellen. Selbst Menschen, die sich um einen Job bewarben, praktizierten dieses Rollenspiel. Seine Aufgabe beim Morddezernat bestand mitunter darin, zu erkennen, welches Ich er gerade im Verhör ansprach, bzw. ansprechen musste.

»Sven, Sie wirken wieder abwesend. Haben Sie mir überhaupt zugehört?«

Nur sein Nicken gab ihr die Gewissheit, dass er zumindest die Frage verstanden hatte. Sie dagegen schüttelte nur missbilligend den Kopf.

»Männer!«

Beide schraken auf, als sich in der offenen Tür ein Riesenschatten abzeichnete. Kriminalrat Fugger füllte den gesamten Zwischenraum aus. Seine dröhnende Stimme forderte die gesamte Aufmerksamkeit der Beiden.

»Gut, dass Sie auch gerade hier sind, Frau Doktor. Wir haben den Dreckskerl. Kommen Sie beide mit.«

- Kapitel 13 -

Auf dem Weg zum Schellenberger Wald folgten Karin und
Sven den groben Ausführungen des Vorgesetzten, der auch
nur oberflächliche Kenntnisse des Geschehens hatte. Fest
stand bisher, dass eine weitere Leiche in der Nähe der Lichtung gefunden wurde, die jedoch Hinweise auf den Täter
lieferten. Bevor Fugger seinen imposanten Body aus den
Wagen gewuchtet hatte, waren Sven und Karin schon hinter
der Absperrung. Belustigt beobachteten sie, wie sich zwei
uniformierte Beamte darum bemühten, dem schwitzenden
Kriminalrat die Plastiküberzieher überzustreifen.

Sven bewunderte schon immer, mit welcher Fertigkeit
dieser Mann seine Arbeit erledigte. Er hatte den rundlichen
Karl Ruhnert schon anhand seiner gedrungenen Gestalt unter
den in weiße Plastikfolien verpackten Menschen ausgemacht. Ein freundliches Lächeln, das er immer vor sich
hertrug, war neben seiner beruflichen Qualifikation sein
herausragendes Markenzeichen. Niemand kam auf die Idee,
ihn anhand seines rechten, künstlichen Auges, seiner Klein-
wüchsigkeit oder etwa seiner Vollglatze zu beschreiben.
Dazu brachte man diesem Künstler viel zu viel Respekt

entgegen. Selbst sein Auge verlor er im Dienst, als er bei ausgefallener Beleuchtung an einem nächtlichen Tatort in einen hervorstehenden Kleiderhaken lief.

»Hi, Hollmann, hi Spelzer, hat euch der Alte schon ...?«

»Der Alte hat, Ruhnert. Aber machen Sie weiter. Was wissen wir sicher?«

Der Leiter der Spurensicherung schrumpfte noch einmal um wenige Zentimeter, als er den Bass seines Vorgesetzten hinter sich hörte. Das Lächeln verlor er jedoch nicht.

»Hi Chef. Hatte Sie nicht gesehen.«

Fugger ließ die Bemerkung seines besten Mannes unkommentiert.

»Gut, also. Das Mädchen hier schätze ich auf etwa sechzehn. Todeszeitpunkt meiner Schätzung nach zwischen dreiundzwanzig und zwei Uhr gestern Nacht. Frau Hollmann wird das sicher bei der Autopsie enger eingrenzen können. Wie Sie sehen können, ist auch dieses arme Wesen unbekleidet und man hat ihr sämtliche Nägel entfernt, einfach herausgerissen. Allerdings geschah das im Gegensatz zum letzten Opfer post mortem. Keine Nachblutungen. Das Mädchen war schon vorher erwürgt worden. Selbstverständlich habe ich auch sofort an Sandra Schober gedacht und weitere Blessuren gesucht. Also, liebe Frau Hollmann, ich habe bisher nichts gefunden. Da hoffe ich auf Ihr geschultes Auge. Ich dachte da insbesondere an den Einstich einer Nadel für die Drogen. Nichts.«

Alle hatten aufmerksam zugehört und erschraken, als es wieder Fuggers Bass war, der aus dem Hintergrund kam.

»Soll das Ihren Ausführungen nach etwa heißen, dass wir es mit einem zweiten Täter ...?«

»Genau das, Chef.« Sven hielt es nicht mehr aus und klinkte sich ein. »Es hat auch nicht den Anschein, dass dieses junge Ding vergewaltigt wurde. Zumindest erkenne ich keine klaren Spuren dafür. Auch dazu wird uns Frau Hollmann sicher mehr liefern können. Eines fällt mir allerdings auf. Die Tote weist ausschließlich die Verletzungen auf, die wir an die Medien weitergaben. Wir haben mit Rücksicht auf das Opfer sowohl die Verabreichung von Drogen als auch die Vergewaltigung bewusst zurückgehalten. Mir sagt das ganz klar. Wir haben es mit einem Nachahmungstäter zu tun.«

Sven richtete sich wieder auf und sah Fugger an.

»Sie sagten im Büro, dass wir ihn haben. Was sollte das bedeuten, Chef?«

Die Wurstfinger des Kriminalrats wiesen stumm auf Ruhnert, der jetzt wieder das Wort ergriff. Während er sprach, beobachtete er Karin Hollmann, die das Mädchen bereits näher in Augenschein nahm.

»Wenn man das in einem solch traurigen Fall überhaupt sagen darf, haben wir Glück gehabt. Der Täter hat uns klare Spuren hinterlassen, die ihm den Kopf kosten werden. Ganz in der Nähe befindet sich die Heisinger Straße. Von hier führt ein schmaler Weg dorthin, den man mit einem Auto nicht befahren kann. Das hat der Täter, man mag es nicht glauben, mit einem Moped bewältigt, hinter dem er einen Fahrradanhänger befestigt hatte. In diesem Anhänger wurde das Opfer hierher bewegt.«

»Aber wieso ...?«

»Geduld, mein lieber Kollege. Wie das Schicksal es in seiner gesamten Weisheit bestimmt, hat sich dieses Dreckschwein einen Platten eingehandelt und das Moped samt Hänger zwischen den Sträuchern versteckt. Wir haben es jedoch gefunden, sichergestellt und schnell die Zusammenhänge geklärt. Durch das Nummernschild konnten wir den Besitzer, einen Martin Kleinert ausmachen. Eine Einheit ist schon auf dem Weg zu ihm. Nur eine Sache von Minuten, bis wir ihn dingfest gemacht haben.«

»Gute Arbeit, Ruhnert, gute Arbeit.«

Kriminalrat Fugger wischte sich den Schweiß von der Stirn, da er drohte, ihm in die Augen zu laufen. Sven nahm sein Telefon und tippte auf eine Kurzwahl.

»Ich bin's, Frau Krassnitz. Geben Sie bitte den Namen Martin Kleinert in den Computer ein. Ich will wissen, ob wir etwas über ihn haben. Wenn ja, bitte sofort mit Bild auf mein Handy. Danke.«

»Dieser Kleinert muss bei seiner Tat mächtig gesabbert haben. Auf dem Körper erkenne ich eine ganze Menge eingetrockneten Speichel. Wenn er es war, können wir ihn damit ans Kreuz nageln.«

Die Männer sahen sich schweigend an, bis Sven die Stille unterbrach.

»Aber Frau Doktor, was hören wir denn da? Sind das etwa Emotionen? Wie unprofessionell. Daran müssen wir unbedingt arbeiten.«

Nur durch schnelles Wegducken entging Sven der Handvoll Dreck, der schließlich den hinter ihm stehenden Kriminalrat traf. Konsterniert sah dieser auf die Ärztin, die sich mit einem *sorry* eilig wieder der Toten zugewendet hatte. Sichtlich entrüstet drehte Fugger sich um und stapfte zu seinem Wagen.

- Kapitel 14 -

An der angegebenen Adresse, die das Straßenverkehrsamt lieferte, musste das Riesenaufgebot an Polizei wieder abziehen, da ihnen der Vermieter mitteilte, dass Kleinert mit zurückgelassenen Mietschulden das Weite gesucht hatte. Wohin der Kerl gezogen war, wusste er nicht. Zwischenzeitlich hatte Sven ein Foto des gesuchten Kleinert erhalten, das er intensiv studierte. Wie in den meisten Fällen handelte sich auch hier wieder um ein Dutzendgesicht, das man selbst nach einer halbstündigen Debatte nach einem Kilometer Abstand wieder vergessen hatte. Nichts wäre an diesem Gesicht besonders gewesen, außer seiner erschreckenden Normalität. Genau das war es, was diese Verbrecher in Svens Augen so gefährlich machte. Sie entsprachen einfach nicht dem Bild, das sich der Normalbürger nach hundert grausamen Kriminalfilmen von einem Mörder geprägt hat. Im realen Leben tarnte sich das wirklich Böse beängstigend geschickt. Schon aus diesem Wissen heraus war für ihn wirklich jeder verdächtig.

In Anbetracht der Gefährlichkeit des Gesuchten wurde die sofortige Großfahndung eingeleitet, was auch die lokalen

Medien einbezog. Der Erfolg zeigte sich ungewöhnlich schnell, da dieser Fall in der Öffentlichkeit ein gewaltiges Interesse und Abscheu erzeugt hatte.

»Chef, ich habe da einen Mann in der Leitung. Hört sich interessant an. Nehmen Sie?«

»Stellen Sie rüber, Krassnitz.«

»Ich habe die Drecksau gesehen. Gerade vor ein paar Stunden. Schicken Sie Ihre Leute, oder sollen wir uns von der Bürgerwehr um dieses Schwein kümmern. Da machen wir kurzen Prozess. Was auf die Fresse, Strick und fertig ist die Soße.«

Mit allem hatte Sven Spelzer gerechnet, nur nicht mit dieser Ansage. Fasziniert nahm er eine Sekunde den Hörer vom Ohr und atmete tief durch. Er versuchte, gelassen zu wirken, obwohl sich eine tiefe Wut in ihm aufbaute.

»Ruhig Brauner. Geben Sie mir doch zuerst Ihren Namen und die Adresse. Die Rufnummer sehe ich im Display.«

Er notierte sich sorgfältig die Daten.

»Und jetzt erzählen Sie mir genau, was Sie wissen. Bitte beruhigen Sie sich aber vorher, und lassen Sie nichts aus.«

»Dieses Schwein wohnt schon seit fast sechs Wochen hier. Der war mir von Anfang an nicht so ganz geheuer. Wie diese Sau immer kleinen Jungens hinterher sieht ... pfui Teufel. Wenn der meinen Sohn anfasst, dann ...«

»Bleiben Sie bitte bei der Sache. Wo genau wohnt dieser Mann. Ich brauche die genaue Lage der Wohnung.«

Sven schrieb mit, als er dann endlich klare Aussagen zur Sache erhielt. Trotz seiner inneren Abneigung gegen den rachsüchtigen Anrufer, bedankte er sich für den spontanen Anruf.

»Sie sind sich absolut sicher, dass es genau dieser Mann ist, den wir in der beschriebenen Wohnung finden werden? Wir möchten schließlich keinen unbescholtenen Bürger in Panik versetzen.«

»Das ist er, glauben Sie mir. Ich war bei meinem Kegelkumpel drüben, als wir die Fresse in der Zeitung sahen. Theo meint auch, dass der da drüben wohnt. Der wollte sofort rüber, aber ...«

»Also nochmal, wir danken Ihnen für den Hinweis. Nur eine Bitte. Tun Sie jetzt nichts Unüberlegtes, denn es könnte den Täter warnen und zur Flucht bewegen. Ich muss jetzt ein paar Dinge in die Wege leiten.«

Das Sondereinsatzkommando lauerte vor der fleckigen Eingangstür, die am äußersten Ende des dunklen Flures lag. Die Männer, die eine Türramme leicht schwingend in Position gebracht hatten, beobachteten ihren Leiter. Das Zeichen zum Einsatz kam, begleitet vom lauten Splittern der Türfüllung. Dunkle Schatten schoben sich geduckt in einen schwach erleuchteten Raum, in den nur einzelne Strahlen der Straßenbeleuchtung durch einen Vorhang eindrangen. Die Männer verteilten sich, mit der Waffe im Anschlag und nach allen Seiten sichernd, in der Wohnung. *Gesichert.* Der Ruf wiederholte sich. Lediglich aus dem Schlafzimmer, das eine unangenehme Duft-Mischung aus Erbrochenem und altem Schweiß verströmte, fehlte die Bestätigung.

Einsatzleiter Knoche wagte einen Blick in den Raum und musste einen seiner Leute beiseiteschieben, um zu erkennen, warum die Männer sprachlos auf die Wand starrten. Der metallische Geruch von Blut mischte sich zu dem bestialischen Gestank, der eh schon den Raum füllte. Einer der Männer drängte an Knoche vorbei, die Hand vor den Mund gepresst.

Das Blut, mit dem die Worte an die ehemals weiße Wand geschrieben worden waren, zog sich in langen Tropfen runter zur Bettdecke. Knoche schluckte, bevor er die Worte aussprach, die ein Wahnsinniger für sie hinterlassen hatte.

Die Rache ist mein

Das zerwühlte Laken zeugte davon, dass an dieser Stelle ein Kampf stattgefunden haben musste. Eine große Blutlache unterstrich die Annahme. Knoche forderte über seinen Sprechfunk die Spurensuche an und bat darum, Kriminalrat Fugger in Kenntnis zu setzen, der über das Ergebnis sofort informiert werden wollte. Es dauerte nur wenige Minuten, bis die ersten Fahrzeuge vorfuhren und sich Beamte einen Weg durch die Menschenmenge bahnen mussten. Zuschauer bannten mit gezückten Telefonen das Geschehen vor dem Haus in den Video-Speicher. Sven und Karin trafen als Letzte am Ort des Schreckens ein.

Es gab selbst für die Nase der Rechtsmedizinerin Grenzen. Das hier erzeugte bei ihr starke Würgereize. An den ureigenen Geruch der Leichen hatten sich ihre Schleimhäute gewöhnt. Doch was sie hier erwartete, überstieg selbst bei ihr eine rote Linie. Als sie beim Wegschlagen des Oberbetts das bereits verdaute Essen des Opfers vorfand, das die Geruchsnote im Zimmer nochmal verstärkte, riss sie ihr Taschentuch vor den Mund und flüchtete auf den kleinen Balkon. Schwer atmend blickte sie in den engen Hinterhof, in dem einige Kinder den Ball unentwegt gegen die Wände donnerten. Svens Hand legte sich zögernd auf ihre Schulter.

»Geht´s wieder? Die Kollegen glauben noch fest daran, dass sie den Tatort für den Mädchenmord gefunden haben.«

»Und was glauben Sie?«

Sven vergrub beide Hände in den Hosentaschen und lehnte sich gegen das Geländer.

»Warum sollte dieser Kleinert seine Tat dermaßen deutlich dokumentieren? Wieso schreibt ein Täter das an eine Wand, unter der er weiterhin schlafen möchte? Nein, da ist etwas völlig anderes passiert. Ich habe die Daten von diesem Kleinert bekommen. Der hat zwei Vorstrafen wegen Unzucht mit Minderjährigen. Das, meine liebe Karin, waren aber Jungs. Also ist der Mord an dem Mädchen doch atypisch für ihn. Das erkennt man doch schon daran, dass er das Mädel nicht vergewaltigt hat. Ihm ging es einzig und allein um das Töten. Und ich glaube, dass er sich dazu ganz bewusst ein Mädchen ausgesucht hat.«

»Ich verstehe immer noch nicht.«

»Ich habe da eine Theorie, die ich zur Zeit noch nicht mit Beweisen untermauern kann. Aber da spricht mein Bauchgefühl für eine irre Konstellation. Dieser Kleinert ist selbst von jemanden getötet worden.«

»Sven, Sie sind verrückt. Warum sollte ein Mörder ausgerechnet ...«

Karin löste sich von den spielenden Kindern und stellte sich direkt vor Sven, sah ihm ins Gesicht.

»Wie das genau ablief, kann ich jetzt noch nicht sagen. Aber folgende Theorie. Bei unserem Schober-Täter handelt es sich vielleicht um einen Serientäter, an den wir derzeit noch nicht einmal denken. Aber da bin ich guter Hoffnung, dass wir ihn noch finden werden. Weiter. In der Szene kennt man diese Monster, man verehrt sie sogar. Haben Sie gewusst, dass da sogar eine Fanszene existiert? Jeder dieser Triebtäter hat seinen eigenen Fanclub. Allein schon der Gedanke daran treibt mir das Essen hoch. Es kommt vor, dass ein solcher Fan sein Idol kopieren möchte. Dann sprechen wir von Trittbrettfahrern oder Nachahmungstätern. Das macht die Ermittlungen häufig sehr kompliziert, da wir viele Spuren haben, die in verschiedene Richtungen führen.

Zurück zu unserem Fall. Ich befürchte, dass dieses arme Mädchen durch einen dieser Nachahmungstäter, also diesen Kleinert, umgebracht wurde und dass es dem Idol überhaupt nicht gefiel. Jemand ist sozusagen in sein Reich eingedrungen, hat ihn seiner Auffassung nach sogar schlecht kopiert. Das schadet seinem Ruf und seinem Hang zur Perfektion. Das lässt er sich nicht bieten und tötet den Dilettanten. Das machen diese Typen zumeist auf eine sehr spektakuläre Art, um weitere Nachahmer von ähnlichen Aktionen abzuhalten.«

Karin hatte ihm mit offenem Mund fasziniert zugehört, dabei die Schultern zusammengezogen, als würde sie frieren. »Scheiße. Das wäre ja ... verdammt, ich kann das nicht glauben.«

»Ich bin sogar davon überzeugt, dass unser Mörder ebenfalls hier in der Nähe wohnt. Er hat mir einfach zu schnell zugeschlagen. Der ist nicht weit weg.«

»Mensch, jetzt hören Sie aber auf damit. Ich mach heute Nacht kein Auge zu.«

»Das müssen Sie doch auch gar nicht. Sie wissen doch – unser Essen heute Abend, Frau Doktor.«

- Kapitel 15 -

Gähnend drückte Martin Kleinert auf den Ausschaltknopf der Fernbedienung. Selten hatte er einen derart langweiligen Pornofilm gesehen. Keine Gewaltszenen, kein Blut – einfach lächerlich. Er hatte nicht einmal einen Halbsteifen davon bekommen. Die DVD verschwand wieder unter einem großen Stapel, den er sich mit den Jahren zugelegt hatte. Er kratzte sich wieder einmal am Oberschenkel, kurz unterhalb der Hoden. Die Entzündung schleppte er nun schon wochenlang mit sich herum, hatte sich diese schon blutig gekratzt. Er verfluchte zum wiederholten Mal den Arzt, der ihn mit der Bemerkung wieder nach Hause schickte, er möge sich waschen, bevor er ihn behandeln würde. Die Pest sollte den arroganten Saukerl holen.

Der Blick auf die Uhr sagte ihm, dass es jetzt um kurz vor zwei Zeit fürs Bett war. Noch ein letztes Mal pinkeln und dann ab in die Federn. Kurz blieb er vor dem Eingang zum Schlafzimmer stehen. Hatte er da etwas an der Tür gehört? Ein Geräusch? Müde schüttelte Kleinert den Kopf und schlug das Oberbett zurück, das noch genauso dalag, wie er es am späten Vormittag verlassen hatte. Das Kopfkissen schüttelte er kurz auf und streifte die fleckige Jogginghose ab. Er war es gewohnt, in seiner Unterwäsche zu schlafen. Seine Nasenschleimhäute nahmen den penetranten Körpergeruch, den er brutal in die Umwelt verteilte, schon lange nicht mehr wahr.

Kleinert kuschelte seinen ausgemergelten Körper in die Kuhle, die sich in den letzten zwanzig Jahren in der Matratze gebildet hatte. Mit dem Gedanken daran, dass er morgen unbedingt den Platten am Moped beseitigen musste, dämmerte er hinüber in die Welt des inneren Friedens. Dass sich die Wohnungstür einen Spalt geöffnet hatte, bekam er schon nicht mehr mit. Die Schritte des Mannes, der sich in der Wohnung orientierte, wurden vom einsetzenden Brummen des Kühlschrank-Kompressors komplett verschluckt.

Ein dunkler Schatten zeichnete sich im Rechteck der Schlafzimmertür ab, verharrte dort kurz und näherte sich dem bereits schnarchenden Kleinert. Der hatte sich zu einer Kugel zusammengerollt und das Oberbett zwischen die dürren Knie geklemmt. Rücken und Beine lagen frei. Ein leiser Furz, den Kleinert mit einem wohligen Grunzen begleitete, ließ den Fremden einen Augenblick angewidert zurückweichen. Wie abgrundtief er diese Typen hasste. Männer, die zu Sklaven ihrer Triebe, ihrer Hormone wurden und nur aus reiner pervertierter Mordlust töteten. Sie suchten sich ihre Opfer in den meisten Fällen wahllos aus, selektierten eventuell noch nach dem Geschlecht und Alter. Ihnen bereitete es schon pure Lust, wenn sie die Macht über Leben und Tod in ihren Händen halten konnten. Es existierte für sie einfach kein richtiges Motiv für das, was sie taten. Alles geschah aus einer animalischen Lust am Töten. Niemals würde er auf dieses Niveau absinken. Für ihn geschah alles aus einem bestimmten Grund und mit System. Aber das würden diese Typen nie verstehen, die in ihm einen Gott sahen, die ihn verehrten. Keiner kannte seine wahren Beweggründe.

Mit wachsender Abscheu betrachtete er den übelriechenden Körper des Mörders, der es gewagt hatte, ihn zu kopieren. Ohne jede Eile zog er das Tuch aus der Tasche seines Anoraks, in das er eine kleine Flasche eingewickelt hatte. Das Anästhetikum hatte ihm schon des Öfteren gute Dienste geleistet. Bedächtig schraubte er den Verschluss ab und träufelte etwas von der Flüssigkeit auf den Lappen. Sekunden später legte sich dieser auf Mund und Nase des nur noch wenige Augenblicke zuckenden Kleinert. Der Körper entspannte sich zusehends. Kleinert spürte nicht mehr, dass ein gekonnt durchgeführter Schnitt in die Bauchdecke einen Teil der Gedärme freilegten. Das austretende Blut sollte noch einen Zweck erfüllen.

Niemand beobachtete den Mann, der den schweren Müllsack in den Kofferraum seines Wagens wuchtete. Die Rücklichter verschwanden in der Schwärze der Nacht. Die Fahrt dauerte nicht lange und endete auf dem großen Platz vor der Ruine der Isenburg. Der Mann blieb noch einen Augenblick am Steuer seines Wagens sitzen, beobachtete die Umgebung bis er sicher war, dass die Luft rein war. Als sich seine Augen an die Dunkelheit dieser mondlosen Nacht gewöhnt hatten, stieg er aus und öffnete den Kofferraum. Der Sack bewegte sich und es waren leise Gurgelgeräusche zu hören, die selbst das Klebeband über dem Mund nicht verhindern konnten. Brutal schlug er die Faust in den Teil des Sacks, wo er den Kopf des Mörders vermutete. Augenblicklich erstarben Bewegungen und Geräusche. Die niedrige Ladekante seines Autos erleichterte das Herausziehen des Sacks. Wie Müll zog der Mann seine Last über den Boden, wobei es ihm völlig egal war, dass der Körper des Opfers gegen einen stählernen Abfallbehälter prallte, den er auf dem Weg zur steinernen Treppe übersehen hatte. Mitleidslos zog er den Sack über die Stufen hoch zu einer Restmauer der Isenburg, in der er ein Fenstergitter wusste. Wieder sah er sich sichernd um.

Zufrieden betrachtete er sein Werk. Kleinert stand nackt vor ihm. Die Treppenstufen hatten ihm etliche Knochen seines Gesichtes gebrochen, das Blut lief in Strömen über die schmale Brust, die sich nun rasend schnell hob und senkte. Die pure Angst entstellte Kleinerts Gesicht bis zur Unkenntlichkeit. Immer wieder senkte sich angstvoll sein Blick auf die große, offene Bauchwunde, aus der Innereien teilweise herausgetreten waren. Das Blut tropfte auf die dürren Oberschenkel. Die aufgerissenen Pupillen versuchten, das Dunkel zu durchdringen und die Person auszumachen, die ihm diese Qualen zugefügt hatte. Nur schemenhaft erkannte er die Umrisse, jedoch hörte er die gefährlich leise Stimme, die trotz vieler Nebengeräusche in seinem Kopf, den Verstand erreichten.

»Du weißt sicher, wer ich bin, oder?«

Durch das Panzerband war ein Grunzen zu hören. Es wurde begleitet von einem angedeuteten Nicken, was als Ja zu werten war. Mit aller Kraft versuchte Kleinert, seine

Gliedmaßen von dem Gitter zu befreien. Das Panzerband hielt seinen Bemühungen stand. Er hatte das Skalpell in den Händen seines Peinigers längst gesehen, die er mit Latex-Handschuhen geschützt hatte. Während der Mann sprach, kam er Schritt für Schritt näher. Die lähmende Angst in Kleinert wuchs ständig an, das Zittern hatte seinen gesamten Körper erfasst. Die Blase gab nun jeden Widerstand auf. Warmer Urin lief an den Beinen entlang und versickerte im dunklen Lehmboden der Ruine. Kleinerts Tränen rannen in Strömen, sein Flehen um Gnade gingen unter in einem unverständlichen Gurgeln.

»Du hättest einfach dein eigenes Ding weitermachen sollen. Jemandem das Leben nehmen ist zutiefst unmoralisch, ich meine, wenn man es ohne triftigen Grund tut – so aus lauter Mordlust. Da gibt es Grenzen, die du kleiner Pisser überschritten hast. Das Mädchen war völlig unschuldig, das du so bestialisch gequält hast. Das tut kein normaler Mensch ohne Grund. Du hattest keinen. Das will ich dir deutlich machen. Du wolltest nur etwas für dein verdammtes Ego tun, indem du meine Kunst versucht hast, zu imitieren. Das war keine gute Idee, gar nicht gut. Jetzt werden die Bullen noch intensiver nach mir suchen, werden analysieren und schnell herausfinden, dass hier ein Amateur am Werk war. Du ruinierst meinen Ruf in der Öffentlichkeit, du kleiner Wichser! Dafür wirst du leiden.«

Die letzten Worte hatte er lauter und sehr deutlich gesprochen. Das Beben in Kleinerts Körper verstärkte sich noch. Der Mann kam näher und hob die Hand mit dem Skalpell. Obwohl seine Augen starr die von Kleinert fixierten, fanden seine Hände zielgenau den Körperteil, auf den er es abgesehen hatte. Der Aufschrei Kleinerts ging über in ein Würgen und Grunzen. Mit einem Ruck riss der Mann ihm das Klebeband von den Lippen, verstopfte den zum Schrei geöffneten Mund sofort mit den abgetrennten Hoden. Ein neues Stück Panzerband sorgte dafür, dass sie in der Mundhöhle verblieben. Der Wahnsinn zeichnete sich auf dem Gesicht des leidenden Mörders ab, seine Augen traten aus den Höhlen.

»Niemals wieder wirst du mit deinem dreckigen Schwanz einen unschuldigen Jungen entehren. Du hast jetzt noch eine kurze Zeit, in der du über deine Schuld nachdenken kannst, denn du wirst verbluten. Nichts Anderes hast du elender Bastard verdient.«

Das alte Burggitter hielt den Befreiungsversuchen des Mörders weiter stand. Im Morgengrauen hing der leblose Körper schlaff herunter. Das erlittene Grauen zeichnete sich im Gesicht Kleinerts ab.

- Kapitel 16 -

»Das Steak bekommt hier Bestnoten, kann ich nur empfehlen. Dazu die Mandelkroketten und die Barbecue-Soße, die übrigens vom Koch selbst hergestellt wird. Eine Delikatesse. Als Gemüse vielleicht den knackigen Salatteller mit Walnüssen.«

Gespannt wartete Sven auf Karins Reaktion, die jedoch nur zögernd nickte, aber weiter die Speisenkarte studierte. Der Kellner beobachtete geduldig aus angemessenem Abstand, bis die neuen Gäste fündig wurden. Als Karin die Karte zuklappte, war er zur Stelle.

»Sie hatten recht, das Fleisch ist superzart und auf den Punkt genau gegrillt. Ich mag das, wenn es im Kern noch rosa ist. Der Wein könnte etwas trockener sein. Aber ansonsten, Herr Kommissar, eine gute Wahl. Ist Ihnen übrigens aufgefallen, dass die Dame in der Ecke, diese dralle Blonde, häufig zu uns rübersieht? Die scannt mich auf ihre Festplatte. Kennen Sie sich vielleicht zufällig? Könnte es sein, dass ...?

»Nein! Das war nur eine flüchtige Bekanntschaft.«

»Genau das meine ich ja, Svenni. Nicht, dass mich diese Tatsache stört, doch bin ich nicht gerne Gegenstand von Tisch-Gesprächen. Und das scheint derzeit dort drüben lautstark stattzufinden. Besser gesagt, sie fand statt ... ja, die Blonde ist aufgestanden und geht. Ihr Was-auch-immer, mit dem sie zusammensaß, wirkt ziemlich aufgewühlt und sieht ständig zu uns rüber.«

»Können wir über etwas anderes reden? Das juckt mich nicht im Geringsten.«

Dieses Grinsen auf Karins Gesicht machte Sven allmählich nervös. Er trommelte mit den Fingerspitzen ein Stakkato auf die Serviette, bis sich Karins Hand beruhigend darüber legte.

»Kein Grund, nervös zu sein. Ich bin schließlich nicht die Ehefrau, die die Geliebte des Gatten zum ersten Mal kennenlernt. Wir können ganz entspannt plaudern. Apropos plaudern. Gibt es schon weitere Wortmeldungen bezüglich des Verschwindens von Kleinert? Der muss doch irgendwo verblieben sein. Ein Mensch löst sich doch nicht so ohne Weiteres in Luft auf.«

»Da widerspreche ich ungern, aber das kommt schon häufiger vor. Einige Fälle erledigen sich schon dadurch, dass Kronzeugen auf unvorstellbare Arten von der Bildfläche verschwinden. So ab und zu tauchen sie auch wieder auf. Dann haben Sie das Vergnügen, auf Ihrem Tisch zu landen und von zarter Hand aufgeschnitten zu werden. Obwohl ... für mein Gefühl ein zweifelhaftes Vergnügen.«

»Ich liebe Ihren Sarkasmus, Sven. Sie haben Ihre eigene Art, die Dinge zu beschreiben, so treffend und real vorstellbar.«

Jetzt war es Sven, dem das Grinsen nicht aus dem Gesicht weichen wollte. Plötzlich änderte sich sein Ausdruck und seine Züge zeigten eine gewisse Ernsthaftigkeit.

»Wo wir gerade so entspannt zusammensitzen, möchte ich die Gelegenheit nutzen, um eine zumindest für mich wichtige Frage zu stellen. Darf ich?«

»Selbstverständlich dürfen Sie, solange es nichts Ehrenrühriges ist. Los, raus damit.«

»Wir kennen uns jetzt schon mindestens acht Jahre und arbeiten eigentlich recht gut zusammen. Könnten wir ...?«

»Ja, können wir. Übrigens sind das acht Jahre und vier Monate.«

»Aber Sie wissen doch gar nicht, was ich fragen wollte.«

Wieder dieses Lächeln, das ihn so verzauberte und oftmals verunsicherte.

»Wenn Sie mich nicht fragen wollten, ob wir zum einfachen *DU* wechseln sollten, nehme ich das Ja natürlich sofort zurück. Übrigens, was sollte das mit dem *arbeiten eigentlich recht gut zusammen* heißen? Gibt es zwischen uns Probleme, von denen ich bisher nichts weiß?«

Sven überging die Frage, erhob sein Glas und reichte Karin ebenfalls das Glas an.

»Mag der Himmel wissen, wie Sie ... oh sorry ... wie du es schaffst, meine Gedanken zu lesen, aber ich freue mich sehr über das Ja. Wollen wir darauf anstoßen?«

Sven verfluchte sein Smartphone genau in dem Augenblick, als es sich mit dem Klirren der Weingläser meldete. Auf den Verbrüderungskuss musste er wohl verzichten. Das dachte er zumindest. Karin beugte sich über den Tisch, hielt ihre Hand über das ungeduldig klingelnde Telefon und spitzte die Lippen. Der Kuss war kurz, erzeugte jedoch bei Beiden ein befreiendes Lachen. »Jetzt kannst du rangehen.«

»Was wollen Sie Ruhnert, ich bin wirklich beschäftigt?«

»Glauben Sie, das wüsste ich nicht? Bestellen Sie Doktor Hollmann beste Grüße. Die kann übrigens sofort mitkommen.«

»Wieso wissen Sie, dass Frau Hollmann ...?«

»Spelzer, das weiß das gesamte Dezernat. Ihre Augen verraten Sie jedes Mal, wenn die liebe Kollegin den Raum betritt. Aber jetzt zum Grund meines Anrufs. Wir haben einen weiteren Fall!«

– Kapitel 17 –

Sven ließ den Wagen neben dem Pulk von Polizeifahrzeugen ausrollen und wartete, bis Karin ihre Jacke übergeworfen hatte. Die Temperatur sank zu dieser Jahreszeit in der Nacht schon erheblich ab. Der Beamte, der den Zugang zum Tatort regelte, grüßte mürrisch und hob das Absperrband nur ein wenig. Karin hätte sich bücken müssen, wenn Sven das Band nicht weiter angehoben hätte. Er würde sich dieses Gesicht merken. Das Überstreifen der Plastikschuhe wurde schon langsam zur Routine. Ruhnert stand mit in die Hüften gestützten Fäusten vor einem Gitter, das in früheren Zeiten wohl einen Durchgang in die Burg versperren sollte. Der Blick auf den Toten wurde erst frei, als er zur Seite trat. Er hatte die Stimmen der Neuankömmlinge gehört, wirkte übermüdet.

»Tut mir leid, dass ich stören musste, aber das hier könnte euch interessieren.«

Sven hielt sich das Taschentuch vor den Mund und näherte sich langsam der Gestalt, die dem Bild des gesuchten Kleinert sehr ähnlich war. Das blasse Gesicht wies erhebliche Blutergüsse auf, die ein Indiz dafür waren, dass man ihn vor Eintritt des Todes heftig geschlagen hatte. Die Spurensicherung machte die letzten Aufnahmen und signalisierte ihrem Chef, dass sie die Leiche freigeben konnten.

Still betrachtete das Trio, das aus Ruhnert, Karin und Sven bestand, was einmal einen atmenden, sprechenden Menschen ausmachte. Was von ihm übrig geblieben war, erinnerte mehr an die Resteverwertung eines Schlachthauses. Das Panzerband hielt etwas in der vollgestopften Mundhöhle zurück, an dem das Opfer eventuell erstickt war. Ruhnert nickte, als Karin an einem Ende des Klebebandes ziehen wollte. Alle drei sprangen zurück, als der Hodensack vor ihren Füßen auf dem Lehmboden aufschlug. Zwei Beamte, die das Ganze beobachtet hatten, drehten sich spontan um und übergaben sich einige Meter entfernt an der Burgmauer.

»Können Sie den Scheinwerfer mal auf den Unterleib richten? Ja, genau so. Danke.«

Karin sortierte vorsichtig mit ihren behandschuhten Fingern die Organe, die sich durch den Bauchschnitt gedrückt hatten. Schließlich hob sie den Penis an und betrachtete die Wunde, durch die eine große Menge Blut ausgetreten war.

»Es scheint noch alles da zu sein. Einige Organe sitzen zwar nicht mehr da, wo sie hingehören, aber sie wurden zumindest nicht entwendet. Die Bauchwunde ist älter als der Hodenschnitt. Dazu kann ich aber erst Konkreteres sagen, wenn ich den Kerl auf dem Tisch habe. Doch klar dürfte sein, dass er an dem Schnitt im Hodenbereich verblutet sein dürfte. Die Blutmenge am Boden stammt sicher aus dieser Wunde. Die kleineren Blutungen an den Unterschenkeln dürften wohl von Ratten stammen, die durch uns von einem

Festmahl abgehalten wurden. Wann kann ich den Mann haben?«

»Sofort morgen früh, Frau Hollmann. Ich lass den armen Kerl gleich abschneiden, wenn Sie nichts dagegen haben. Spelzer, was ist los? Hat Ihnen der Fund die Sprache verschlagen?«

Sven suchte bereits mit den Augen die nähere Umgebung ab, achtete auf jedes Detail.

»Wer hat den Toten gefunden? Es ist ja schließlich mitten in der Nacht.«

Ein Mann des Ruhland-Teams meldete sich, bevor der selbst antworten konnte.

»Ein gewisser Köppel, oder so ähnlich, meldete sich in der Einsatzzentrale. Er war wie jeden Abend hier mit seinem Köter unterwegs und ...«

»Wir nennen das in unserem Land Hund, Wagner, kein Köter. Ihr seid bei der Spurensicherung völlig verroht und verliert allmählich die Ehrfurcht vor der von Gott erschaffenen Kreatur.«

Kopfschüttelnd entfernte sich Ruhland vom Tatort und stellte sich an den Rand der Burgmauer. Nachdenklich sah er hinunter in das in Dunkelheit gehüllte Ruhrtal.

»Erzählen Sie bitte weiter, Wagner. Da war also dieser Köppel mit seinem Hund.«

»Ja, Herr Kommissar. Dieser Köppel behauptet, dass ihm der Hund plötzlich weglief, Richtung Ruine. Er vermutete, dass er einer Ratte folgte. Er also hinterher. Da sah er die Bescherung. Gott sei Dank hatte er ein Telefon dabei und konnte die Polizei anrufen. Das war um genau einundzwanzig Uhr, Plusminus drei Minuten. Der sitzt übrigens immer noch drüben im Einsatzwagen und gibt seine Aussage zu Protokoll.«

»Kümmer ich mich gleich drum. Danke Wagner. Übrigens, wussten Sie nicht, dass vor zwei Wochen der Bernhardiner von Ruhland überfahren wurde? Der Hund war mindestens zwölf Jahre bei ihm. Also bitte nie mehr das Wort Köter in den Mund nehmen, wenn Sie Ihren Chef nicht am Hals haben möchten.«

»Das war ja auch nicht böse gemeint. Das sagt man ja nur so. Werde mich bei ihm entschuldigen.«

Karin organisierte bereits den Transport in die Rechtsmedizin. Sie drückte die Därme wieder in den Bauchraum, während die Männer den Leichnam von dem Gitter lösten. Wortlos stellte sie sich dann neben Sven. Eine Zeit lang hingen sie ihren Gedanken nach.

»Dieses Dreckspack. Können die sich nicht während der Dienstzeit in die ewigen Jagdgründe befördern. Der ganze Abend ist kaputt. Und mein Steak möchte am Liebsten wieder raus.«

Karin musste trotz der bedrückenden Situation lachen, erntete dafür einen entrüsteten Blick eines Beamten. Sie hakte sich bei Sven ein und schob ihn Richtung Einsatzfahrzeug, wo der Zeuge vernommen wurde.

»Das kann sicher wieder einmal wiederholt werden. Hat mir gefallen. Dann zahle ich aber, damit das klar ist. Komm jetzt, du willst doch bestimmt diesen Köppel vernehmen.«

»... dann habe ich Bruno sofort zurückgezogen, bevor der auch noch diesen Kerl anknabbert. Ja, dann habe ich sofort angerufen.«

»Ist Ihnen denn sonst nichts aufgefallen? Haben Sie geprüft, ob der Mann vielleicht noch lebte, ich meine, ob sich vielleicht der Brustkorb noch ... Sie wissen, was ich meine?«

»He Mann, Sie glauben doch wohl nicht im Ernst, dass ich den Kerl noch anfasse, so wie der aussah? Ich bin erst mal Kotzen gegangen. Ich habe hier nachts immer eine Taschenlampe dabei. Hätte ich vorher gewusst, was ich da zu sehen kriegen würde, hätte ich dem nicht ins Gesicht geleuchtet. Wer macht denn sowas Schreckliches? Hier gibt es ja manchmal solche schwarzen Messen, sie wissen, was ich meine? Da haben die auch schon einmal ein nacktes Mädchen an das Gitter gebunden, aber das ist doch alles harmlos. Mit dieser Scheiße von eben rechnet doch keiner.«

»Danke für Ihre Aussage. Ist Ihnen irgendwas aufgefallen, was nicht hier hingehört? Ein Auto, Personen oder sowas? Denken Sie nach.«

»Nö, da war alles ruhig. Kann ich jetzt gehen? Meine Frau wird sich schon Sorgen machen.«

»Gut, Herr Köppel. Ihre Adresse haben wir ja. Sollte ich noch Fragen haben, melde ich mich bei Ihnen. Hier ist meine Karte, falls Ihnen doch noch was einfällt.«

»Was ist mit dir, Sven? Du bist so abwesend, so konzentriert.«

Karin sah ihm ins Gesicht und schüttelte ihn am Revers. Seine Augen versuchten, die Dunkelheit zu durchdringen. Er griff nach ihrer Hand und lauschte.

»Spürst du es nicht? Jemand beobachtet uns.«

- Kapitel 18 -

Fast mitleidig betrachtete der Mann im grauen Overall das Aufgebot an Polizei, das ein großes Areal komplett abgesperrt hatte. Sonderfahrzeuge lieferten den Strom für die starken Scheinwerfer, die auf die Bruchsteinmauer gerichtet waren. Die Szenerie hätte sicher sehr gut an den Set eines Horrorfilms gepasst. Gestalten huschten wie Gespenster über den freien Platz vor der Ruine. Gruppen bildeten sich, die in Diskussionen verwickelt waren. Eine davon fiel ihm besonders auf, da sie erst nach allen Anderen am Tatort auftauchten. Eine Frau und zwei Männer beschäftigten sich besonders intensiv mit dem elenden Kadaver dieses Amateurs. Sie würden keinen Hinweis finden, da war er sich absolut sicher. Er machte bei seinen Unternehmen keine Fehler. Nicht so wie dieser Kleinert, dem die Polizei schon nach einem Tag auf der Spur war.

Das diabolische Grinsen gab seinem Gesicht etwas Teuflisches, als er den Feldstecher nachjustierte. Zufrieden setzte er das Nachtglas ab und suchte in seinen Taschen nach dem Spray, das ihm ein Leben ohne Asthma-Anfälle ermöglichte. Ein kurzer Stoß aus der Pumpe und er spürte, wie die aufkeimende Atemnot verging. Einen Anfall wollte er sich jetzt und hier nicht erlauben. Mit bloßem Auge verfolgte er, wie der Leichnam in einen Zinksarg verfrachtet wurde. Dabei weckte diese Frau sein besonderes Interesse, die sich intensiv mit Kleinerts Körper beschäftigte. Bei dem Mann, der mit ihr am Tatort angekommen war, konnte es sich seiner Meinung nach nur um diesen Kommissar Spelzer handeln, über den die Zeitungen bereits berichteten. Er leitete scheinbar diese Sonderkommission, der man den Namen Soko Isenburg gegeben hatte. Sollten sie ermitteln, sie würden nichts finden – gar nichts. Keiner seiner Morde wurde bisher aufgeklärt. Das würde auch so bleiben. Dieser Kleinert war ein kleiner Unsicherheitsfaktor, den er aber geschickt und früh genug aus dem Weg räumen konnte. Das würde sich in der Szene rumsprechen und ihm weitere Versuche dieser Anfänger ersparen. Niemand wollte so enden wie Kleinert.

Er sah auf die Uhr und erschrak. Die Zeit war dahingeflogen. Schon fast drei Uhr. In vier Stunden war für ihn die Nacht zu Ende, dann musste er sich auf den Weg zur Arbeit machen. Ohne jegliches Geräusch zu verursachen, richtete er sich auf und wischte sich das Laub von der Kleidung. Ein letzter Blick ging hinunter zur Ruine. Er hatte das Gefühl, dass ihm dieser Kommissar direkt ins Gesicht sah. Der stand ruhig neben der Frau und blickte genau in seine Richtung. Nein, es war unmöglich. Er konnte ihn aus dieser Entfernung bei der Dunkelheit nicht sehen. Trotzdem blieb ein Gefühl der Spannung zurück, als er den Hang hinabstieg.

- Kapitel 19 -

»Legen Sie mir die Liste bitte auf den Schreibtisch Krassnitz, vielleicht haben wir ja Glück. Muss vorher noch rüber
in die Rechtsmedizin.«

»Liebe Grüße an die Frau Doktor. Die wird sich bestimmt
freuen.«

Sven stoppte auf seinem Weg zur Tür und drehte sich um.
Bevor er auch nur ein Wort erwidern konnte, sah er noch
einen Rockzipfel, der in der kleinen Kaffee-Küche
verschwand. Jeder hier im Hause schien sich über eine
mögliche Beziehung zu der attraktiven Ärztin Gedanken zu
machen, die es noch gar nicht gab. Sehr zu seinem Leidwesen, wie er sich eingestehen musste. Kopfschüttelnd betrat er
den Aufzug.

Es kostete immer wieder Überwindung, dieses *Schlachthaus*, wie er es im Stillen nannte, zu betreten. Der Geruch,
der ihn an alten Käse erinnerte, das Sterile dieser Räume und
die ständige Berührung mit dem Tod, machten ihn unsicher.
Er wusste es nicht zu deuten, aber das alles führte ihm klar
vor Augen, wie endlich das Dasein doch war. In Bruchteilen
von Sekunden konnte es vorbei sein, ob durch Unfall oder

Gewalt von außen – der Tod war allgegenwärtig. Immer wenn man ihm ein Opfer aus der Kühlzelle zog, erwartete er, dass ein schwarzgekleideter, alter Mann mit geschulterter Sense hervorsprang und ihn angrinste. Eine kindliche Vorstellung, die ihn aber manchmal anfiel. Über all dem thronte souverän eine Frau, die diese Phase längst überwunden hatte. Einen Augenblick blieb Sven in der offenen Tür stehen und betrachtete durch die Trennscheibe zum Nebenraum die komplett verhüllte Gestalt. Da stand sie, die Herrscherin über das Reich der Toten. Ihr Gesicht war nur zu ahnen hinter dem Mundschutz und der Schutzbrille. Gekonnt führte sie das Skalpell durch das kalte Fleisch eines Mannes, der nackt vor ihr auf der glatten Metallfläche lag. Er konnte die Worte nicht verstehen, die sie in ein Mikrofon sprach, während sie Organ für Organ heraustrennte und in verschiedene Schalen legte. Sven lief ein Schaudern bei dem Gedanken über den Rücken, was vom menschlichen Körper übrigblieb, wenn ihn die Seele endgültig verlassen hatte.

Karin signalisierte ihm mit einer Handbewegung, dass er sich noch einen Augenblick gedulden müsse. Mit äußerster Brutalität, so empfand er das, wuchtete sie die Därme des Toten in eine große Schüssel und trennte Teile davon mit dem Skalpell auf. Der entnommene Stuhl verschwand in einem Glasbehälter, den sie sorgfältig verschloss und beiseitestellte. Das Gleiche geschah mit dem Mageninhalt. Erneut diktierte sie etwas ins Mikro und wandte sich danach ab.

Während sie sich die Handschuhe abstreifte, musterte sie ihn neugierig. Der Mundschutz hatte ihr verschmitztes Lächeln verdeckt, das er nun genießen konnte.

»Das ist nicht dein Ding, oder? Mensch Sven, die sind tot – mausetot. Die können uns nichts mehr tun. Ich hätte viel mehr Angst vor denen, wenn sie noch leben würden. Dein Job ist viel mehr zum Fürchten, denn du musst dich tagtäglich dieser Gewalt stellen, die im lebenden Körper steckt. Ich würde mir vor Angst in die Hose machen, wenn so ein Serienmörder plötzlich vor mir stünde. Also habe ich mit ihren Überresten das kleinere Übel gewählt. Doch genug philosophiert, was kann ich für dich tun?«

Karin hatte ihn zur Seite geführt und begann damit, sich den Kittel auszuziehen. Er sah ihr ruhig zu, als sie sich die Hände wusch und desinfizierte.

»Komm, Sven, ich lade dich zum Kaffee in die Kantine ein. Ich brauche eine Pause. Zumachen kann auch mein neuer Assistent, dann lernt er auch mal, eigenständig zu arbeiten.«

Karin gab dem jungen Mann, der eifrig nickend den Worten lauschte, Anweisungen und rief ihm beim Rausgehen noch zu, dass er den Bericht schon vorbereiten sollte. Sie würde ihn dann durchsehen. Mit beiden Händen schob sie Sven aus dem weißgefliesten Raum. Befreit atmete er durch, was Karin nicht entging. Sie ließ es unkommentiert.

»Grundsätzlich bin ich mit den beiden Opfern durch. Allzu vieles an neuen Erkenntnissen kam nicht hinzu, aber das kannst du ja morgen in meinem Bericht nachlesen. Mir fehlen nur noch die Blutanalyse und der Labor-Bericht zum Magen- und Darminhalt von diesem Kleinert. Dass er die Kleine getötet hat, dürfte jetzt endgültig bewiesen sein. Dieser ganze Sabber auf ihrem Körper stammt ausschließlich von ihm. Er hat sich auch nicht an ihr vergangen, was mich ehrlich gesagt, ziemlich verwundert. Dieses Tier hat es wohl nur mit seinem eigenen Geschlecht getrieben.«

»Da liegst du sogar richtig. Laut Bericht besaß er eine ausgeprägte pädophile Neigung«, unterbrach sie Sven, »er fiel nur dadurch auf, dass er Jungen auf Spielplätzen auflauerte. Dieser Mord in seinem direkten Umfeld muss in ihm wohl die letzten Skrupel beseitigt haben. Die Mordabsicht, diese tiefverwurzelte Lust, lauerte in ihm wie ein wildes Tier, das endlich aus seinem Käfig heraus wollte. Es bereitet mir manchmal Angst, wenn ich darüber nachdenke, wie viel dieser lebenden Zeitbomben sich wohl unter uns bewegen könnten. Die letzte Hemmschwelle zur todbringenden Gewalt wird mit der Zeit immer niedriger. Unsere Medien zeigen diesen Irren doch jeden Tag, wie geil und normal das Töten sein kann. Wenn du einmal einen Snuff-Porno gesehen hast, verlierst du den Glauben an das Gute im Menschen. Die sind für jeden zugänglich, die sich im Darknet auskennen. Es gibt mehr Perverse, als wir uns vorstellen können. Doch lass uns über was anderes reden. Was hast du heute Abend vor? Wir sind gestern gestört worden, bevor es Nachtisch gab.«

Karin setzte die Tasse ab, über deren Rand sie Sven aufmerksam beobachtet hatte. Nichts verriet ihre Gedanken, als sie sich zurücklehnte und mit einer Gegenfrage antwortete.

»Was hättest du dir denn als Nachtisch gewünscht?«

Sven hatte ein Gespür dafür entwickelt, wenn er in die Enge getrieben werden sollte. Seine Gedanken suchten verzweifelt eine Antwort, die ihn aus dieser Falle wieder befreien konnte. Er wollte keinesfalls in den Verdacht geraten, dass er sie an diesem Abend abschleppen wollte, wie es normalerweise bei ihm üblich war.

»Ich hatte mir noch ein Plätzchen frei gelassen, um das geniale Orangen-Sahne-Sorbet zu genießen, für das man dort berühmt ist. Ich denke, dass ein weiteres Glas Wein den Abend abgerundet hätte. Wenn ich dich vor deiner Tür abgesetzt hätte, würde ich die angebotene, letzte Tasse Kaffee bei dir oben dankend abgelehnt haben, mit dem Argument, dass wir uns doch erst so kurz kennen.«

Karin konnte das Lachen nicht zurückhalten, bis sie bemerkte, dass andere Gäste in der Kantine ihr vorwurfsvolle Blicke zuwarfen. Sie hielt sich die Hand vor den Mund und beugte sich vor. Ihre Stimme war mehr ein Flüstern.

»Und du glaubst wirklich, dass ich dich einfach so hätte fortfahren lassen? Ich, eine seit Jahren vernachlässigte Frau, die eine letzte Chance sehen musste, von einem gutaussehenden, jüngeren Liebhaber, noch einmal verführt zu werden? Das geht doch gar nicht.«

Nun vollends verunsichert, rutschte Sven auf seinem Stuhl unruhig umher. Hatte er diese Frau und ihre Absichten unterschätzt, oder versuchte sie auf hinterhältige Art und Weise, zu kontern? Wieder war es das Telefon, das ihn aus dieser Lage befreite. Karin wirkte wieder völlig normal, als er den Anruf entgegennahm.

»Haben die eine Telefonnummer Wissen die, woher dieser Anruf kam? Ich bin in einer halben Stunde da. Sagen Sie Fugger, er soll den Journalisten noch einen Augenblick festhalten.«

Sven beendete das Gespräch und sah an Karin vorbei auf einen imaginären Punkt an der Wand. Erst als sie durch wildes Winken auf sich aufmerksam machte, blickte er sie direkt an.

»Was gibt es? Du bist ja völlig von der Rolle? Iss was mit der Oma. Verdammt, rede mit mir!«

Jetzt war es Sven, der sich zu ihr über den Tisch beugte. Sie konnte ihn kaum verstehen, so leise und zögerlich kamen seine Worte.

»Er hat mich warnen lassen.«

»Toll. Wer ist er? Und was bedeutet das für den Fall?«

»Der Unbekannte hat sich an die örtliche Presse gewandt und lässt mir über die eine Nachricht zukommen, dass wir ihn niemals überführen werden. Er hat einem Journalisten außerdem ein Foto mit Anschreiben zukommen lassen. Enthalten ist ein Hinweis, dass er sich schon das nächste Opfer ausgesucht hätte.«

»Jetzt mach es nicht so spannend. Ist das nächste Opfer auf dem Foto zu sehen?«

Karin sah völlig konsterniert auf den Rücken des Kommissars, der wortlos aufgestanden war und die Kantine ohne Gruß mit schnellen Schritten verließ.

- Kapitel 20 -

Sven Spelzer blieb einen Augenblick im Nebenraum seines Büros stehen und sah durch die Glasscheibe auf den Rücken des Journalisten, der die schlechten Nachrichten überbracht hatte. Der Mann, der den Mantelkragen seines Trenchcoats hochgeschlagen hatte, spielte mit der Kaffeetasse, indem er sie immer wieder auf dem Unterteller drehte. Die andere Hand steckte in seiner Hosentasche, während die Beine weit ausgestreckt unter dem Schreibtisch von Frau Krassnitz verschwanden. Seinen Hut hatte sich dieser Citizen Kane-Verschnitt weit in den Nacken geschoben. Sven musste wieder einmal gegen das bei ihm ausgeprägte Vorurteil ankämpfen, das er diesen arroganten Pressefuzzis mittlerweile entgegenbrachte. Es gab in diesem Umfeld viel zu wenig Menschen, die noch Berufsehre besaßen. Den wenigen, die er kannte, brachte er jedoch große Hochachtung entgegen.

»Hi, Sie sind also der Mann, dem sich unser Täter vertrauensvoll zugewandt hat.«

Der selbsternannte Starreporter zuckte zusammen, als er plötzlich die Stimme in seinem Rücken hörte. Die Unsicher-

heit versuchte er, mit einem gewinnenden Lächeln zu über-
spielen.

»Mit wem habe ich denn die Ehre? Sie habe ich doch vor
Tagen bei der Pressekonferenz gesehen, oder irre ich mich?«

»Nein, Sie irren sich nicht. Der Name Jan Kleber ist im
Pressebereich übrigens ziemlich bekannt. Ich arbeite häufig
als Gerichtsreporter. Sonst hätte sich der Mörder ja wohl
auch kaum ausgerechnet an mich gewandt.«

Sven ersparte sich eine bissige Bemerkung auf die letzte
Bemerkung.

»Liebe Frau Krassnitz, sind Sie so lieb und besorgen mir
auch einen Kaffee? Der Herr Kleber hatte ja schon das
Vergnügen. So, nun zu Ihnen. Am Telefon erfuhr ich lediglich, dass Sie einen Umschlag erhielten, der Ihrer Meinung
nach von dem Mann stammen könnte, den wir wegen
mindestens zweifachen Mordes suchen. Kann ich dazu
Einzelheiten erfahren?«

Sven hätte diesem Kleber am Liebsten das überhebliche
Grinsen aus dem Gesicht geschlagen, beherrschte sich
jedoch und wartete geduldig. Als Kleber feststellte, dass
seine Provokation keine Früchte trug, griff er in die Seitentasche seines Mantels und zauberte einen braunen Briefumschlag hervor, den er auf den Schreibtisch legte. Als Sven
danach greifen wollte, zog er ihn zurück und legte seinen
Arm darauf. Er beugte sich vor und sah dem Kommissar ins
Gesicht.

»Ich gebe Ihnen das Beweisstück rüber, da ich ein geset-
zestreuer Bürger bin. Aber ich erwarte auch eine kleine
Gegenleistung, Herr Kommissar, so eine winzige Gefällig-
keit.«

»Ich höre.«

»Ich bin ab jetzt immer der Erste, der neue Informationen erhält. Die lieben Kollegen werden erst mit ein paar Stunden Verzögerung informiert. Das ist doch nicht zu viel, oder? Haben wir einen Deal?«

Sven hielt ihm die ausgestreckte Hand entgegen, ohne ein Wort zu sagen.

»Haben wir einen Deal, Herr Spelzer?«

»Deal!«

Svens Antwort war kurz und knapp, wobei er bestimmt eine andere Vorstellung davon hatte, was die Terminierung und Weitergabe von neuen Informationen betraf. Seine Hand forderte weiter den Umschlag. Vorsichtig öffnete Sven den Brief, der bestimmt schon durch etliche Hände gegangen war. Auf jeden Fall würden sie versuchen, sämtliche Fingerabdrücke zu sichern. Dazu bediente sich die Spurensicherung der Ninhydrin-Methode, die sämtliche in Fingerprints enthaltene Eiweiß-Substanzen auch noch nach langer Zeit sichtbar machen konnte. Vielleicht hatten sie ja Glück. Allerdings machte sich Sven wenig Hoffnung darauf, dass der Täter ihnen freiwillig Spuren liefern würde.

Er zog mit einer Pinzette das gefaltete Schreiben heraus. Gleichzeitig wurde die Rückseite eines Fotos sichtbar. Dass sich ein Schweißfilm auf seiner Stirn bildete, konnte er nicht verhindern. Das entging nicht den flinken Augen des Reporters, der alles mit einem schmierigen Grinsen verfolgte.

»Sie werden staunen, Herr Kommissar.«

»Halten Sie, verdammt noch mal, Ihr Maul!«

Der Satz war raus, bevor er es verhindern konnte. Frau Krassnitz, die ebenfalls gespannt das Geschehen beobachtete, zuckte erschrocken zurück – genau wie Kleber. Derart erregt und aggressiv hatte sie ihren Chef bisher noch nicht erlebt. Ihre Augen folgten wieder Svens Händen, der nun das Schreiben entfalteten.

Ich habe mir deinen Namen gemerkt, als ich die Berichte über diese Bestie las, die unschuldige Kinder auf unmenschliche Art foltert. So hast du mich doch genannt, oder? Ein schlimmes Wort für einen Künstler. Das wird dem nicht gerecht, was ich tue. Doch du scheinst das Reißerische zu lieben. Deshalb sollst du derjenige sein, der meine Nachrichten erhält. Du darfst teilhaben an meiner Kunst.

Teile diesem Ermittler mit, der die Soko mit dem so ausgefallenen Namen Isenburg leitet, dass ich es war, der den Irren bestraft hat. Er glaubte, einmal Gott spielen zu dürfen. Niemand darf mich kopieren - niemand. Denn nichts würde an das heranreichen, was ich schaffe. Doch ein einziges Mal werde ich von meinem Plan abweichen. Der Polizei-Schnüffler soll spüren, was es bedeuten kann, mich zur Strecke bringen zu wollen. Er wird leiden, denn es wird ein Opfer geben, das er nicht schützen kann – nicht vor mir.

Ich werde dir bald eine neue Nachricht auf einem anderen Weg zukommen lassen. Deine Neugierde wird belohnt werden.

Noch ein weiteres Mal überflog Sven die Zeilen, suchte nach verräterischen Hinweisen, bevor er es zögernd sinken ließ. Die Handschrift war klar, hatte jedoch eine deutliche Neigung nach links. Das hatte Sven schon aus den vielen Schriftanalysen der Grafologen gelernt. Hier könnte ein Mensch geschrieben haben, der sexuelle Wünsche aufgestaut hat, die er nur schwer zum Ausdruck bringen kann. In ihnen bildet sich eine erotische Blase, die irgendwann platzt. Ein häufig vorkommendes Grundmuster bei Sexualverbrechern. Der Fachmann wird ihm später mehr dazu sagen können. Immer wieder wanderte sein Blick zu dem Foto, das darauf wartete, endlich umgedreht zu werden. Es strahlte Gefahr aus, das spürte Sven deutlich. Sein Beruf brachte ihn permanent in bedrohliche Situationen, die er zumeist souverän meisterte. Doch bisher gab es dabei nie private Berührungen. Das war in diesem Fall anders. Zum ersten Mal fühlte er sich unsicher, was der schmierige Reporter vor ihm zu spüren schien. Sein Grinsen wurde unerträglich, sodass Sven an sich halten musste, um ihm das Grinsen nicht aus dem Gesicht zu schlagen.

Obwohl er es erwartet hatte, durchfuhr ihn die Erkenntnis wie ein Blitz. Die Nachtaufnahme zeigte Karin klar und deutlich vor ihrer Haustür, winkend zu einem Auto, in dem er selbst saß. Die Tatsache, dass sich dieses Monster in unmittelbarer Nähe aufhielt, als es das Foto schoss, erschütterte diesen abgeklärten Mann bis ins Tiefste seines Inneren. Eine Gefahr war sehr nah an ihn herangekommen. Das war er gewohnt. Doch jetzt bedrohte sie jemanden, der ihm sehr nahe stand – das war etwas völlig anderes. Er schloss für einen Augenblick die Augen, und versuchte die Position auszumachen, von der aus dieses Foto gemacht wurde. Warum hatte er es nicht bemerkt? Wo war an diesem Abend sein siebter Sinn, der ihn vor Gefahren warnte?

»Erzählen Sie, Kleber. Wie sind Ihnen die Unterlagen zugespielt worden?«

»Die lagen in meiner Eingangspost. Die verteilt ein Hausbote, der sie in der zentralen Poststelle in Empfang nimmt.

Dort werden alle Briefe vorsortiert und in die Fächer der Empfänger gelegt. Beim Verteilen interessiert sich niemand dafür, ob ein Absender draufsteht oder nicht. Ich denke, dass der Umschlag irgendwann in den Postkasten am Pressehaus geworfen wurde. Und bevor Sie danach fragen. Nein, wir haben keine Kameraüberwachung an der Stelle. Da habe ich auch schon dran gedacht.«

»Wir werden die Beweisstücke auf Spuren untersuchen müssen. Ich denke, dass Sie Kopien davon haben. Ich erwarte von Ihnen, dass Sie uns sofort in Kenntnis setzen, wenn sich der Täter erneut mit Ihnen in Verbindung setzt. Auf welche Weise auch immer er das tun wird. Er wird das sicher beim nächsten Mal auf eine andere Art versuchen, da er davon ausgeht, dass wir den Postkasten der Zeitung überwachen werden. Also müssen wir sehr schnell reagieren. Warum finden Sie das lustig, Kleber?«

Wieder zeigte das Grinsen des Reporters, dass er in diesem Punkt anderer Meinung war. Lässig schlug er die Beine übereinander und sah den Kommissar herausfordernd an.

»Das ist meine Top-Story. Die serviert er mir ganz exklusiv, Kommissar Spelzer. Ich bin Journalist. Ich werde meine Informanten nicht ans Messer liefern. Meine Zeitung wird mir den Stuhl vor die Tür setzen, wenn ich diese Informationen aus erster Hand nicht bei ihnen veröffentliche.«

»Davon spricht hier keiner, Sie Schlauberger. Ich kenne das Presserecht, mein Freund. Das respektiere ich auch in den erlaubten Grenzen. Aber ich kenne auch die Rechte, die der Staat, besser die Ermittlungsbehörden Ihnen gegenüber haben, wenn es um Beweise oder Hinweise auf eine Straftat geht. Wenn Sie Hinweise vor uns bewusst zurückhalten, schützt Sie ihr Artikel fünf, Seite zwei des Grundgesetzes nicht mehr. Dann machen Sie sich in jedem Fall sogar strafbar wegen Begünstigung einer Straftat. Wenn dadurch einer Person ernsthaft Schaden zugefügt wird, gibt es kein Loch auf dieser Welt, in dem Sie sich vor mir verstecken könnten. Ich würde Sie überall aufspüren. Und dann Gnade Ihnen Gott.«

Sven wedelte bedeutsam mit dem Foto und sah Kleber dabei tief in die Augen. Der sprang auf und blickte Frau Krassnitz an, die in diesem Augenblick damit begann, etwas auf ihrem Schreibtisch zu suchen.

»Haben Sie das gehört? Sie werden bezeugen, dass mich dieser Mann da massiv bedroht hat. Das wird noch Folgen haben, das verspreche ich Ihnen.«

»Es tut mir leid, Herr Kleber. Ich weiß im Augenblick nicht, wovon Sie sprechen. Haben Sie meine Hörhilfe irgendwo gesehen – ich finde die nicht?«

Mit hochrotem Kopf raffte sich Kleber seinen Mantel zurecht und drehte ab, Richtung Ausgang.

»Kleber«, rief ihm Sven nach, »das waren keine leeren Worte. Halten Sie eine Information zurück und Doktor Hollmann passiert etwas, lernen Sie mich kennen. Und Ihren Job werden Sie dann nie mehr ausüben können. Das garantiere ich Ihnen.«

Die Tür knallte ins Schloss, als Kleber davonrauschte.

»Danke Krassnitz.«

»Wofür, Chef. Ich muss wirklich was tun für mein Gehör. Mein Mann sagt mir schon laufend, dass ich nicht mehr auf ihn hören würde. Muss ich mir deshalb Sorgen machen?«

Svens Grinsen verschwand augenblicklich, als er das Foto wieder in Händen hielt. Seine Hand tastete zum Telefon und drückte eine Kurzwahltaste.

»Ruhnert, es tut mir leid, aber ich brauche Sie sofort.«

- Kapitel 21 -

»Was soll das ganze Theater eigentlich? Glaubst du wirklich, ich hätte die Polizeiwagen nicht gesehen, die dauernd die Straße rauf und runter fahren? Ich will jetzt auf der Stelle wissen, was das zu bedeuten hat. Ich habe da zwar eine Vermutung, doch will ich das aus deinem Mund hören – auf der Stelle.«

Karin Hollmann stand vor Svens Schreibtisch, beide Fäuste in die Seiten gestemmt. Ihr Gesicht hatte zwar nur eine leichte Rötung angenommen, zeigte jedoch deutlich, wie es in ihr aussah. Wäre die Lage nicht so ernst gewesen, hätte sich Sven darüber amüsiert und eine für ihn typische Bemerkung gemacht. Mit ernster Miene schob er ihr wortlos das Foto entgegen. Zögernd nahm sie es auf und erstarrte. Frau Krassnitz rückte ihr im letzten Augenblick den Stuhl zurecht, bevor sie sich danebensetzen konnte. Die plötzlich eintretende Stille war beängstigend.

»Was ... was bedeutet das? Sage mir, dass es nicht wahr ist, was ich gerade denke. Das kann nicht sein.«

Sven war sich sicher, dass er jetzt mit Floskeln nicht weiterkommen würde. Karin würde es ihm niemals verzeihen, wenn er versuchen würde, sie mit Halbwahrheiten abzuspeisen. Immer noch ohne weiteren Kommentar reichte er ihr eine Kopie des Täterschreibens. Die Tränen wischte sie mit dem Ärmel ihres Mantels weg, die sich immer wieder neu in ihren Augen bildeten. Während sie las, senkten sich ihre Arme weiter in ihren Schoß, bis sie zitternd dort liegenblieben. Der Blick ging ins Leere. Frau Krassnitz reichte der Ärztin ein Papiertaschentuch, nachdem sie ihrem Chef einen vorwurfsvollen Blick zugeworfen hatte. Der zuckte nur entschuldigend mit den Schultern und stand endlich auf. Seine Hände, die er tröstend auf Karins Schultern gelegt hatte, spürten das Beben in ihrem Innern.

»Warum ich? Sag mir bitte, warum gerade ich? Ich habe diesem Monster doch nichts getan. Ist es für ihn ausschlaggebend, dass wir beide ...? Das kann doch nicht sein. Sag mir, dass es nicht der Grund ist, Sven, bitte.«

Hilfesuchend irrte sein Blick zu Krassnitz, die jetzt ihrerseits die Schultern hob. Karin drehte sich um und krallte ihre Hände in Svens Jackett. Ihr Gesicht vergrub sie, presste es an seinen Bauch. Ihr Weinen erfüllte den Raum.

»Ich hol uns mal schnell einen Kaffee. Den können wir sicher gut gebrauchen. Ich glaube, ich habe sogar noch ein paar Kekse in der Küche.«

Das Verschwinden von Krassnitz hatte etwas von Flucht. Sven zog Karin vorsichtig hoch und legte die Arme um ihren Körper.

»Nichts wird dir passieren, glaube mir. Er will uns nur verunsichern. Ich werde nicht zulassen, dass dir etwas zustößt. Darauf gebe ich dir mein Wort. Ich werde auf dich aufpassen, Liebes.«

Sven hob Karins Kopf an und küsste ihr die Tränen von den Wangen. Krassnitz, die in diesem Augenblick, mit zwei Kaffee-Tassen bewaffnet, den Raum betrat, drehte abrupt wieder um und griff gedankenverloren in die Keksschale. Sie hatte immer gehofft, dass ihr Chef, dem man ein Lotterleben nachsagte, irgendwann sein wahres Gesicht zeigte. Sie summte vor sich hin, als sie in den Keks biss.

»Chef, ich störe ja ungern, aber ich hatte Ihnen die Liste auf den Schreibtisch gelegt, die Sie haben wollten. Ich meine die mit den ähnlichen, unaufgeklärten Morden. Habe da schon einmal einen Blick draufgeworfen. Wenn Sie Zeit haben, kann ich Ihnen die Häkchen erklären, die ich vor einigen Fällen gesetzt habe.«

Krassnitz wollte sich schon abwenden, als sie der Ruf des Kommissars zurückhielt.

»Warten Sie. Wo ist die denn? Ach ja, hab sie.«

Sven wedelte mit einem Papierstapel und eilte zum Besprechungstisch. Karin, die sich mittlerweile wieder beruhigt hatte, setzte sich neben Krassnitz. Beide warteten gespannt darauf, ob die Arbeit irgendein brauchbares Ergebnis liefern konnte. Konzentriert begann Sven, die Daten, Orte und Fallbeschreibungen miteinander zu vergleichen. Karin spürte, wie es Krassnitz unter den Nägeln brannte, ihre Erkenntnisse rauszulassen. Endlich hob Sven den Kopf und sah sie fragend an. Sie holte tief Luft und führte den Finger über einzelne Stellen in der Liste.

»Also, Chef. Ich habe zuerst nach dem Tathergang gesehen, ich meine, wie das Opfer getötet wurde. Die Verletzungen, die ähnlich waren, habe ich in eine zweite Liste übertragen. Jetzt waren das Alter und das Geschlecht für mich wichtig. Also, neue Liste. Dann habe ich die Fälle gestrichen, bei dem das Opfer erst viel später zufällig gefunden wurde. Unser Täter bevorzugt ja die Zurschaustellung seiner Kunst. Richtig? Nun bin ich die Berichte der Rechtsmedizin durchgegangen. Ich wollte wissen, welches Opfer betäubt wurde, bzw. Drogen gespritzt bekam. Die Liste wurde immer kleiner, aber es blieben immer noch achtzehn Fälle über, die ein ähnliches Muster zeigten.«

Krassnitz genoss es, dass zwei Augenpaare gebannt auf sie starrten. Sie saß kerzengerade am Tisch und legte bewusst eine längere Pause ein.

»Mensch Krassnitz, was soll das jetzt? Weiter!«

Sven schlug mit der flachen Hand auf den Tisch und beugte sich rüber zu ihr.

»Und jetzt kommt das absolute, das geile Finale.«

Sie sprang auf und griff in die oberste Schublade ihres Schreibtischs. In den Händen hielt sie ein einzelnes Blatt Papier, das sie triumphierend vor ihrem Chef auf die Tischplatte legte.

»Und? Sagen Sie was dazu, Krassnitz. Was ist denn ...? Halt, warten Sie. Das gibt es doch nicht. Verdammt, das ist es. Großartig gemacht, Sie Teufelskerl, oder besser Teufelsweib. Jetzt haben wir was Greifbares. Darauf lässt sich aufbauen.«

»Würde einmal jemand mit mir reden und mich über das achte Weltwunder aufklären? Kriegen wir dieses Biest damit? Kommt, raus mit der Sprache!«

Sven konnte seine Freude nur schlecht verbergen. Er sah seine Assistentin dankbar an und umarmte sie.

»Jetzt übertreiben Sie aber, Chef. Ich bin eine anständige Frau. Was soll die Frau Hollmann von uns denken?«

»Die liebe Frau Hollmann sollte das Gleiche mit Ihnen tun. Sie werden heute Nachmittag Ihre Ergebnisse bei der Besprechung in der großen Runde vortragen. Der Herr Kriminalrat wird dabei sein. Das wird uns enorm weiterbringen. Danke für Ihre tolle Arbeit.«

Erst jetzt wandte er sich wieder an Karin, in deren Augen immer noch große Fragezeichen standen.

»Es ist großartig, dass wir die Zusammenhänge der Taten anhand der Verletzungen abgleichen konnten. Doch eines ist von eminenter Bedeutung. Die Taten wurden in allen Fällen immer am gleichen Datum begangen. Das heißt, nur einmal pro Jahr. Wir müssen jetzt herausfinden, was die Mädchen, und das waren es ausschließlich, an Gemeinsamkeiten hatten. Wenn ich mir die Fotos der Opfer betrachte, ähneln die sich schon ziemlich. Da müssen Fachleute dran, die das genauestens abklären können.

Meine Damen, ich bin der Meinung, dass uns das schon richtig weit gebracht hat. Doch die Arbeit ist noch nicht getan – sie beginnt jetzt erst wirklich. Du verdammtes Schwein, ich kriege dich, bevor du dir ein weiteres Opfer holst.«

Mit großer Euphorie hatte Sven die letzten Worte in den Raum gerufen und war wenige Schritte umhergelaufen. Im gleichen Augenblick fiel ihm die Stille auf, die eingetreten war. Karin sah betreten auf den Boden. Frau Krassnitz legte ihr eine Hand auf den Arm.

»Frau Doktor, der Chef passt schon auf Sie auf, da können Sie sicher sein.«

- Kapitel 22 -

Marianne Krassnitz rieb mit den schwitzigen Händen über ihren Pullunder. Sie fieberte mit pochendem Herzen dem Augenblick entgegen, in dem Kommissar Spelzer sie darum bitten würde, die Ergebnisse ihrer Recherche vorzutragen. Die Soko setzte sich mittlerweile aus zwölf Mitarbeitern zusammen, die man aus den verschiedensten Dezernaten zusammengestellt hatte. Ganz oben stand dieser Fall auf der Prioritätenliste des Präsidiums.

Dieser Kleber hatte mit seinen reißerischen Zeitungsberichten die Bevölkerung in Unruhe, teilweise sogar in Panik versetzt. Die Leser sollten glauben, dass ein Serienmörder unter ihnen lebte, der in immer kürzer werdenden Abständen ein neues Opfer suchte. Genau diese Berichterstattung war es, die den Ermittlern ein Dorn im Auge war. Die Hilfe, die eine seriöse Zeitung in solchen Fällen liefern konnte, war unbestritten wichtig und bei den Behörden beliebt. Auf diese Presse, die nur Ängste schürte und ausschließlich die höhere Auflage im Fokus hatte, konnte man gerne verzichten. Sie war einfach nur kontraproduktiv. Sie erschwerte sogar die Ermittlungen.

Es war sogar Kriminalrat Fugger persönlich, der Frau Krassnitz darum bat, ihre Arbeit vorzutragen. Er vergaß dabei nicht, zu erwähnen, wie stolz er darauf war, derart fähige Mitarbeiter in seiner Abteilung zu wissen. Aufmunternder Applaus begleitete den ersten Auftritt von Frau Krassnitz. Der wiederholte sich auch, als sie mit ihrem Vortrag endete.

»Das, meine Damen und Herren, wird uns hoffentlich schnell einer Lösung näherbringen. Ich warte auf Vorschläge von Ihnen, wie wir jetzt weiter vorgehen. Bitte Herr Spelzer, übernehmen Sie. Und nochmals unseren Dank an Frau Krassnitz.«

»Sie haben alle gehört, was der Herr Kriminalrat von uns erwartet. Wir werden jetzt Gruppen bilden, die verschiedene Aufgaben übernehmen. Ich möchte wissen, ob diese Tatorte in eine logische Beziehung gebracht werden können. Mir fällt auf, dass in einigen Jahren dazwischen an diesem Datum keine Opfer zu beklagen waren. Es könnte sein, dass sie nur nicht gefunden wurden. Deshalb würde ich vorschlagen, nach Mädchen zu suchen, die um den vierundzwanzigsten November herum, nein besser vor diesem Datum, als vermisst gemeldet wurden. Wir werden uns auf jeden einzelnen Fall stürzen, notfalls die damals ermittelnden Kollegen oder Kolleginnen erneut befragen. Zum Teufel, da muss es Parallelen geben, die uns bisher entgangen sind. Notfalls befragen wir nochmals Zeugen in diesen Fällen. Mir fällt auf, dass wir zumindest eine räumliche Eingrenzung von Köln bis hier ins Ruhrgebiet feststellen können. Die Wahrscheinlichkeit dürfte groß sein, dass der Täter seinen Wohnort in diesem Gebiet hat. Seit vier Jahren gibt es diese

Fälle hier im Umkreis. Das lässt die Vermutung zu, dass er hier wohnt und eventuell sogar arbeitet. Ich will mich heute mal eines älteren Filmtitels bedienen: Open Season – es ist Jagdzeit.«

Augenblicklich kam Bewegung in die Männer und Frauen, die sich selbstständig in kleine Gruppen aufteilten. Diesen Spezialisten musste nichts lange erklärt werden. Karin Hollmann beobachtete mit einem zufriedenen Lächeln, dass fast jeder der Teilnehmer Frau Krassnitz anerkennend auf die Schulter klopfte. Sie erhob sich nun ebenfalls, sah Sven auf sich zukommen.

»Wie geht es dir? Habe ich dich in der Nacht gestört oder vielleicht sogar geschnarcht. Die Tür zum Wohnzimmer habe ich extra geschlossen. Tut mir leid, dass ich schon vor dem Frühstück weg war, aber die Arbeit ...«

»Hör zu, Sven. Nein, du hast mich nicht gestört. Ich fand das riesig nett von dir, als Nachtwache zu fungieren, aber das kann auch keine Dauerlösung auf der Couch sein. Wir müssen darüber nachdenken, wie das unkomplizierter gehändelt werden kann. Du stehst das nicht lange durch.«

»Es macht mir wirklich nichts aus. Da habe ich schon viel unbequemer geschlafen – ich meine, als Soldat.«

»Wie lange soll das denn so gehen? Das ist doch keine Lösung auf Dauer. Und wer sagt uns, dass dieser Wahnsinnige nur nachts kommt. Der kann mich auch abfangen, wenn ich tagsüber einkaufen gehe oder zum Sport. Du musst dich um deinen Job kümmern, ich werde die Augen aufhalten und sehr vorsichtig sein.«

Sven schob Karin etwas abseits der wild diskutierenden Kollegen und hielt ihre Hand.

»Mach dir bitte um mich keine Sorgen. Ich hätte dir ja angeboten, eine Zeitlang bei mir zu wohnen, doch möchte ich dir eine solche Räuberhöhle nicht zumuten. Eben eine Junggesellenbude.«

»Ich habe mir das mal durch den Kopf gehen lassen. Das ist auf Dauer keine Lösung, Sven. Das ist Fakt. Kurz nachdem du gefahren bist, habe ich mit einer Studienfreundin telefoniert. Wir sehen uns eh viel zu selten, da haben wir beschlossen, dass ich ein paar Tage bei ihr wohne. Dann können wir auch mal was gemeinsam unternehmen, so wie früher. Quatschen, Shoppen und alles, was Frauen so zusammen anstellen. Du weißt schon. Ihr kümmert euch um diesen Irren, während ich mich amüsiere. Klingt doch gut, oder?«

Sven konnte der Idee verständlicherweise nichts wirklich Nutzbringendes abgewinnen. Lieber würde er Karin in einer der Wohnungen unterbringen, die ihnen zur Unterbringung von Kronzeugen zur Verfügung standen. Das bedeutete allerdings, dass sie eine Zeit lang dem Arbeitsplatz fernbleiben müsste. Darauf würde sich Karin jedoch niemals einlassen, soweit kannte er sie. Obwohl er kein gutes Gefühl hatte, nickte er zögernd, zumal ihm die gestrige Version eher zusagte. Sie entzog sich mit dem Versteckspiel seiner Obhut.

»Nun gut, das scheint ja bereits beschlossene Sache zu sein. Sage mir bitte Bescheid, dann fahre ich mit dir dorthin. Schließlich will ich dich in sicheren Händen wissen und mir die Umgebung ansehen. Rufst du mich an, bevor du umsiedelst?«

»Aber sicher, Herr Spelzer. Ich möchte aber nicht erleben, dass ich nachts aus dem Fenster sehe und einen schlafenden

Kommissar hinter dem Steuer eines Autos vor der Tür erwische. Dann komme ich runter und zieh dir die Ohren lang. Versprich mir, dass du dich auf deinen Job konzentrierst. Ich kann schon allein für mich sorgen – ich bin bereits ein großes Mädchen.«

Ihm war nicht wohl bei der Sache. Sein Bauch meldete sich wieder.

- Kapitel 23 -

»Chef, wir haben da schon Einiges zusammen. Aber das beginnt schon vor fünfundzwanzig Jahren. Da gab es die erste Vermisste, eine Kerstin ... warten Sie mal ... eine Kerstin Harrer. Das war im Raum Köln. Dann ging es Schlag auf Schlag, besser gesagt, Jahr für Jahr. Immer im Raum Köln, in der Vordereifel. Erst vor drei Jahren finden wir die nächsten Opfer im Duisburger Raum. Bei uns hier ist die Schober das erste Mädchen.«

»Der muss umgezogen sein, vielleicht hat der den Job gewechselt. Die Mädchen hatten ja immer ein ungefähr gleiches Alter. Wie alt war diese Kerstin?«

»Die war auch erst sechzehn. Wir haben alle Jahre recherchiert, in denen zu diesem besagten Datum kein Opfer vorliegt. Die Löcher sind nun gefüllt, da gibt es zumindest vermisste Mädchen, die unserer Sandra Schober ähneln. Jetzt haben wir uns daran gemacht, die Unterlagen anzufordern. Die Kollegen gehen derzeit sämtliche Fälle durch, um ein mögliches Muster zu erkennen.«

»Ich weiß, Hörster, dass es eine beschissene Arbeit ist, aber wir kommen nicht drum herum. Besorgt euch aus dem

Einwohnermelderegister alle Namen von denen, die nach dem letzten Mord im Kölner Bereich weggezogen sind. Gleichzeitig brauche ich diejenigen, die im Raum Duisburg zugezogen sind. Jetzt gucken Sie nicht so erschrocken. Das geht mit den digitalen Daten viel schneller als früher. Lassen Sie Krassnitz dann den Abgleich durchführen, die macht das gerne.«

Hörsters gequälter Gesichtsausdruck wandelte sich nach der letzten Bemerkung in ein entspanntes Grinsen.

»Wir dürfen die Zuzüge nach Essen nicht vergessen und ebenfalls prüfen, Chef.«

»Genau, Hörster. Worauf warten Sie noch? Ach, ich hätte noch gerne die Fundstellen der bisherigen Opfer und die Wohnorte der vermissten Mädchen auf eine Karte gebracht. Der Irre sprach bei seinen Morden von Kunst. Ich möchte rausfinden, was er damit gemeint haben könnte. Danke. Gute Arbeit, Hörster.«

Kaum hatte Hörster den Raum verlassen, entdeckte Sven zwei Kaffeetassen, denen die Arme und später auch die vollständige Gestalt von Krassnitz folgten. Er hatte diese so taffe Frau mit der rauchigen Stimme und dem gewöhnungsbedürftigen Kurzhaarschnitt liebgewonnen. Sie verstand es geschickt, die wenigen Kilos, die ihren Körper etwas pummelig wirken ließen, hinter weiter und modischer Garderobe zu verbergen. Sven störte es nicht und sie selbst machte sich tagtäglich darüber lustig, wie viel ihr das leichte Übergewicht schon gekostet hatte. Außerdem schob sie es auf die fehlende Körperlänge.

»Gute Idee, Krassnitz. Setzen Sie sich, ich kann eine Pause gebrauchen. Neue Schuhe? Stehen Ihnen gut.«

Spätestens jetzt streckte sich ihr Körper um mindestens fünf Zentimeter. Stolz hob sie ein Bein und vollführte anschließend eine komplette Körperdrehung. Vergnügt setzte sie die Kaffeetassen auf Svens Schreibtisch ab.

»Chef, ich stelle fest, dass Sie ein perfekter Polizist sind, der ein Auge für wirklich wichtige Details hat. Meinem Mann ist das überhaupt noch nicht aufgefallen. Der erkennt aber jedes Abseits beim Fußball, lange bevor der Ball gespielt wird.«

»Dafür hat er ein gutes Auge für die perfekte Partnerin.«

»So, jetzt aber mal Schluss mit dem Gesülze, Sie wollen nur, dass ich wieder einen roten Kopf bekomme. Ich wollte mit Ihnen was bereden. Darf ich?«

»Legen Sie los, Krassnitz. Ich höre.«

»Ich habe vorhin - natürlich rein zufällig - mitbekommen, dass ein erstes Mädchen vor fünfundzwanzig Jahren verschwand. Das war doch im Raum Köln und dieses Mädchen hieß Harrer, wenn ich mich nicht irre, oder?«

Sven sah auf die Liste, die ihm Hörster dagelassen hatte. Er nickte.

»Kerstin Harrer, Sie haben recht.«

»Wenn der Täter durchweg diesen Mädchentyp für seine Kunst sucht, wie er es nennt, muss es doch einen triftigen Grund dafür geben. Das macht man doch nicht einfach so. Der muss doch einen ungemeinen Hass gegen diesen Mädchentyp hegen, dass er sogar vor einem Mord nicht halt macht. Das gipfelt sogar in ein Ritual, wenn ich die Berichte richtig gelesen habe. Sicher, es könnte auch verschmähte Liebe gewesen sein. Aber das Rachegefühl hält doch wohl nicht über fünfundzwanzig Jahre. Kann ich mir jedenfalls nicht vorstellen. Gehen wir mal davon aus, dass er sich für etwas rächen will.

Nun stellt sich mir die folgende Frage. Hat er schon diese Kerstin Harrer beseitigt, weil sie dem Mädchen ähnelte, für das er Rache nimmt, oder ...«

Hier legte Krassnitz eine Pause ein, nippte an ihrem Kaffee.

»Oder? Machen Sie weiter, Krassnitz. Klingt interessant.«

»... oder diese Kerstin war selbst der Grund für seinen Rachefeldzug. Vielleicht besteht ja eine Beziehung zu diesem Mädchen, von dem wir bisher keine Ahnung haben. Das würde mir aber diese Mordserie halbwegs erklären, ihr einen gewissen Sinn geben. Gut, das Motiv haben wir dann immer noch nicht, aber es wäre ein erster Ansatz.«

Sven betrachtete seine Assistentin über den Rand der Tasse und dachte über die Worte nach. Er sah auf die Liste und prägte sich die Adresse des Elternhauses ein.

»Krassnitz ... ich könnte Sie küssen. Klasse, wie Sie analysieren. Sie sollten zur Polizei gehen. Werde mir das näher ansehen.«

- Kapitel 24 -

Eine ganz gewöhnliche Siedlung in Türnich, mit wunderschönen gemütlich wirkenden Häusern. Noch stand er auf der Berrrenrather Straße und suchte die kleine Nebenstraße, in der die Familie Harrer wohnen sollte. Er konnte es sich nicht erklären. Sven hatte, warum auch immer, ein anderes Umfeld erwartet, nicht diese Normalität. Das Navi sprach es endlich aus. *Sie haben Ihr Ziel erreicht. Es befindet sich auf der rechten Seite.* Ein helles Einfamilienhaus mit gepflegtem Garten und Satellitenschüssel. Nichts an diesem Gebäude war außergewöhnlich. Das Haus einer braven deutschen Familie mit dem Hang zum Minimalismus. Kaum Blumen, nur Rasen und Beton. Sven Spelzer parkte einige Meter entfernt und fotografierte das Haus aus dem Auto heraus, bevor er ausstieg und den Mantel überwarf. Er fand, dass es an einem Samstagvormittag sicherer war, eine Familie anzutreffen, als an den Wochentagen.

»Ja, bitte?«

Die schnarrende Stimme aus der Sprechanlage war für sein Gefühl zu laut eingestellt. Er wich einen Schritt zurück.

»Mein Name ist Sven Spelzer. Ich bin Kriminalkommissar aus Essen und möchte Jemanden der Familie Harrer sprechen.«

Lange, für sein Gefühl zu lange, vernahm er das Rauschen der Anlage. Statt einer Antwort öffnete sich die Haustür einen Spalt und das Gesicht einer vielleicht fünfundfünfzigjährigen Frau zeigte sich vor dem Dunkel des Flures. Sie starrte auf den Dienstausweis, den Sven ihr wortlos entgegenhielt.

»Was wollen Sie von uns? Aus Essen sagten Sie? Was haben wir mit der Kriminalpolizei aus Essen zu tun?«

»Frau Harrer? Sind Sie Frau Elke Harrer? Könnten wir das vielleicht drinnen besprechen? Ich werde Sie nicht lange aufhalten. Das verspreche ich.«

Der Kopf verschwand. Dafür erschallte der laute Ruf im Flur.

»Walter? Hier ist ein Mann von der Polizei. Kannst du bitte mal kommen?«

Es dauerte eine kleine Ewigkeit, die Sven vor der Tür warten musste, ohne jemanden zu sehen. Endlich öffnete sich die Tür weiter und vor ihm tauchte ein Mann auf, der sich die schmutzigen Hände an einem ebenso schmutzigen Lappen abwischte. Der verschwand anschließend in den tiefen Taschen seiner Arbeitshose.

»Entschuldigen Sie bitte ... war hinten mit den Maulwürfen beschäftigt. Was kann ich für Sie tun?«

»Könnten wir vielleicht drinnen weiterreden? Dauert wirklich nicht lange.«

»Aber sicher, verzeihen Sie meine Unhöflichkeit. Wir bekommen hier selten Besuch. Vor allem nicht von der Polizei. Kommen Sie rein. Meine Frau hat gerade einen Kaffee aufgesetzt. Möchten Sie auch eine Tasse?«

»Gerne, Herr Harrer. Das Fahren im Stau auf dem Kölner Ring macht wirklich keinen Spaß. Ich bin auch schnell wieder weg.«

Sven folgte Harrer durch die dunkle Diele, die ihm trotzdem den Blick auf diverse gerahmte Fotos gestattete, die auf der Wand verteilt hingen. Es handelte sich fast ausschließlich um Familienfotos, die die Harrers und ein Mädchen, hier und da sogar mit zwei Kindern zeigte. Das Mädchen zeigte eine auffällige Ähnlichkeit mit Sandra Schober. Obwohl Sven es aus den Akten bereits wusste, eröffnete er den Smalltalk mit einer Bemerkung zum Beruf.

»Sie wirken aber richtig fit. Sie sind doch bestimmt schon so um die sechzig, oder?«

»Ich war bis zur vorzeitigen Pensionierung Sportlehrer hier am Gymnasium. Da hat man immer Bewegung. Doch Sie sind sicher nicht die vielen Kilometer gefahren, um sich über den Zustand meines Körpers zu informieren. Worum geht es? Hat es mit dem Verschwinden von Kerstin zu tun? Haben Sie etwa ...?«

»Nein, nein, Herr Harrer, wir haben Ihre Tochter nicht gefunden. Deshalb bin ich nicht hier. Aber irgendwie hat es schon mit ihr zu tun. Die Kölner Kollegen teilten mir mit, dass sie, ich meine damit Kerstin, von ihrer Praktikumsstelle in Hürth eines Tages nicht mehr zurückkam. Ihr Fahrrad wurde auch nicht mehr gefunden. Das ist doch so korrekt?«

»Ja, ja, aber ...«

»Ich will offen zu Ihnen sein. Wir ermitteln in Essen in einem Fall von Entführung und Folterung. Dort wurde ein

Mädchen vergewaltigt, das eine frappierende Ähnlichkeit mit Ihrer Kerstin aufweist. Wir haben uns ähnliche Fälle angesehen, übrigens auch die von Vermissten. Dabei stießen wir auch auf Sie. Es ist doch richtig, dass Kerstin an ihrem sechzehnten Geburtstag verschwand. Liege ich da richtig?«

Die Antwort kam von Frau Harrer, die plötzlich, mit einem Tablett bewaffnet, in der Wohnzimmertür erschienen war. Sie setzte die drei Tassen ab und stellte ein Tellerchen mit Kokoskeksen daneben.

»Wir hatten an dem Tag ein paar Freunde und ihre Tante Rita mit ihrem neuen Liebhaber eingeladen.«

»Elke, das spielt doch hier jetzt keine Rolle. Den hat sie doch nur ein paar Wochen gehabt. Das interessiert den Kommissar sicher nicht.«

»Ich wollte das nur erwähnt wissen. Du weißt, ich traute diesem Schlawiner nicht. Also, das Essen stand auf dem Tisch und wir warteten, bis es dunkel wurde. Dann begannen wir uns Sorgen zu machen. Walter und dieser Liebhaber sind dann mit dem Auto die Strecke abgefahren, die Kerstin sonst mit dem Fahrrad fuhr. Nichts. Sie kamen zurück – ohne Kerstin. Ich habe sofort gesagt, dass wir die Polizei rufen sollen, aber die Männer meinten ...«

Walter Harrer sprang auf und legte die Arme um seine Frau. Lange hielt er sie an die Brust gepresst. Sven zog es vor, in diesem Augenblick der bedrückenden Erinnerungen, zu schweigen. Vorsichtig geleitete Harrer seine Frau zum Sessel und ließ sie langsam hineingleiten. Zärtlich streichelte er ihr mit der Hand über die Wange. Tränen des Schmerzes liefen darüber, die sich Elke Harrer mit der Serviette abtupfte.

»Entschuldigen Sie bitte, aber es fällt mir immer noch schwer, darüber zu reden. Wenn man ein Kind verliert ... das ist nicht zu beschreiben.«

»Ich habe keine Kinder, doch ich versuche, mir das vorzustellen. Ich kann Sie gut verstehen. Lassen Sie mich da eine Frage anschließen. Als ich durch den Flur ging, fielen mir die vielen Bilder auf. Alle zeigten Sie mit Kerstin. Aber auf wenigen erkannte ich auch einen Jungen, der schien mir etwas älter zu sein, als Ihre Tochter. War das ein Freund von ihr, oder ...?«

»Sie meinen Elmar. Nein, das war kein Freund von Kerstin. Das ist eine lange Geschichte, Herr Kommissar.«

»Ich habe Zeit, Herr Harrer. Erzählen Sie mir von Elmar.«

Wieder war es Elke Harrer, die das Wort ergriff.

»Sie müssen wissen, dass Kerstin ein intelligentes, aber auch von uns verwöhntes Kind war. Das müssen wir eingestehen. Sie wusste sich immer durchzusetzen, vor allem bei meinem Mann.«

»Aber Elke, was erzählst du denn da?«

»Doch doch, Walter, du konntest ihr keinen Wunsch abschlagen. Aber egal. Nach Kerstins Geburt erfuhr ich, dass ich keine weiteren Kinder mehr bekommen könnte. Wir wollten aber gerne einen Sohn, das heißt, einen Bruder für Kerstin. Sie hatte sich immer einen gewünscht. Da kamen wir auf die Idee, einen Jungen zu adoptieren. Wir hatten von einer Einrichtung gehört, wo Kinder aufgenommen werden, die eine schwierige Jugend, teilweise sogar Misshandlungen hinter sich hatten.«

An dieser Stelle übernahm wieder Walter Harrer, als er sah, dass seiner Frau das Sprechen immer mehr Mühe bereitete. Sven hatte den Notizblock längst in der Hand und machte sich Notizen.

»Uns fiel damals ein Junge auf, der sich stets abseits von allen anderen Kindern aufhielt. Wir haben uns seine traurige Geschichte von der Heimleiterin erzählen lassen. Der Vater war der Trunksucht verfallen und war häufig wegen Gewalttätigkeiten, also Schlägereien auffällig geworden. Doch das größere Problem lag bei der Mutter dieses Jungen. Die lebte in einem religiösen Wahn und glaubte, in jedem den Teufel zu sehen. Das kam immer wieder in Schüben. Man munkelte, dass sie ab und zu Drogen reinzog. Sie lief dann mit allen möglichen Gerätschaften bewaffnet durchs Haus und bedrohte ihre Familie. Selbst davor machte sie nicht halt.

Eines Tages überraschte sie ihren Sohn, während er auf der Toilette saß und stach ihm ein langes Küchenmesser ins Gesicht. Sie schnitt ihm dabei den Mund bis zum rechten Ohr komplett auf. Er konnte nur mit großer Mühe aus dem Haus fliehen. Man darf sich das gar nicht vorstellen, aber diese Wahnsinnigen brachten den Jungen nicht ins Krankenhaus. Die fingen ihn wieder ein und ...«

Walter Harrer stockte hier und trank einen Schluck aus seiner Tasse. Hilfesuchend blickte er zu seiner Frau. Die nickte ihm zu, was bedeuten konnte, dass er fortfahren sollte.

»... sie haben den Jungen unter Drogen gesetzt und die Narbe ... sie haben die Wunde selbst genäht. Und das mit handelsüblichem Stopfgarn. Das Kind wurde wochenlang von der Schule ferngehalten, bis die Wunde halbwegs verheilt war. Dass sich da nichts entzündet hatte, bezeichneten die Ärzte später als Wunder. Nur hatte das Versteck-spiel ein Ende, als der Klassenlehrer nachforschte. Das Kind wurde dem Jugendamt zugeführt und die Mutter in die Psychiatrie eingewiesen. Dort sitzt sie meines Wissens immer noch. Der Vater verschwand kurz darauf auf Nimmer-wiedersehen. Das Gesicht des Jungen war durch diese Wahnsinnstat schlimm entstellt. Elmar litt dermaßen unter dem Spott der anderen Kinder, dass er mehrfach ausbüxte. Einmal versteckte er sich sogar wochenlang in einer Fels-höhle in der Vordereifel. Erst als ihn ein Bauer beim Dieb-stahl im Hühnerstall erwischte und ihn verfolgte, konnte ihn die Polizei dort herausholen.

Sie können sich nicht vorstellen, wie leid uns dieses Kind tat. Wir haben daraufhin eine Pflegschaft und später die Adoption übernommen. Doch zu unserem Leidwesen haben sich die beiden Kinder nie so richtig angefreundet. Kerstin hat sich sogar ab und zu über seine wirklich unansehnliche Narbe lustig gemacht. Auf dem Schulhof war es für Elmar häufig ein Spießrutenlauf. Sein Jähzorn entwickelte sich mit der Zeit so weit, dass er andere Schüler in seiner Wut verletzte. Das war eine schlimme Phase.«

Aufmerksam hatte Sven dem Vater zugehört und mitge-schrieben. Jetzt setzte er nach.

»Sie schildern diese unsägliche Geschichte so, als gäbe es Elmar nicht mehr. Ist er verstorben?«

Elke Harrer, die wieder zu sich gefunden hatte, ergriff das Wort.

»Nein, nein, Elmar ist nicht verstorben. Zumindest wissen wir da nichts von. Sie müssen wissen, dass es eines Tages einen fürchterlichen Streit gab zwischen Kerstin und Elmar.

Noch am selben Abend, besser gesagt in der Nacht, verschwand Elmar, bewaffnet mit ein paar Habseligkeiten. Wir haben das der Polizei auch gemeldet, aber die Vermisstenanzeige wurde damals nicht verfolgt, da er schon achtzehn war. Sie meinten, er wäre volljährig und damit für sein Leben selbst verantwortlich. Wenn es keine Hinweise auf eine Straftat gäbe, könnten sie nichts unternehmen. Das war ein schwerer Schlag für uns. Selbst Kerstin war erschüttert und hat uns später reumütig gestanden, dass sie ihn tatsächlich provoziert hätte. Sie können sich vorstellen, wie uns das traf, als dann zwei Jahre später Kerstin auch noch verschwand. Das war die Hölle für uns.«

»Hat man denn niemals wieder von ihm gehört? Er muss doch irgendwo gewohnt, gearbeitet haben. Dazu muss er angemeldet sein. Haben Sie diesbezüglich nachforschen lassen?«

Der Blick der Beiden sprach Bände. Sven nahm sich vor, das nachzuholen, was die Adoptiveltern versäumt hatten. Es musste nicht unbedingt mit der Tat zu tun haben, für die er Nachforschungen anstellte. Doch konnte es immerhin zu einer Familienzusammenführung führen. Die Harrers taten ihm leid.

- Kapitel 25 -

»Versuchen Sie erst gar nicht, meine Telefonnummer zu verfolgen, Kleber, ich rufe Sie aus einer öffentlichen Zelle an. Sie möchten doch immer auf dem Laufenden bleiben, oder hat sich daran etwas geändert, nachdem Sie bei den Bullen waren?«

Der gewiefte Reporter drückte schnell seine Aufnahmetaste an der Telefonanlage der Redaktion. Er winkte aufgeregt seinen Fotografen herbei, der sich zufällig zwei Tische weiter mit der Kollegin Scheller unterhielt.

»Erzählen Sie, ich bin ganz Ohr. Ich habe diesem Kommissar Spelzer lediglich das Foto gebracht, wie Sie es gewünscht hatten. Das hat den ganz schön angefressen, das kann ich Ihnen sagen.«

»Gut so, Kleber. Ich habe Neuigkeiten für Sie. Ich möchte aber dabei gerne die Leute näher kennenlernen, denen ich mich anvertraue. Ich bin von Natur aus etwas misstrauisch. Verstehen Sie mich? Damit wir dauerhaft Partner werden können, möchte ich mich mit Ihnen treffen. Keine Sorge, mein Gesicht werden Sie nicht sehen. Ich meine nur, falls Sie Angst haben, ich könnte Ihnen deshalb etwas antun.

Aber ich werde Ihnen Details und Beweise an die Hand geben, die Sie als Reporter in die erste Liga katapultieren werden. Sie werden derjenige sein, der den Namen des jeweiligen Opfers als Erster erfahren wird - exklusiv. Na, interessiert?«

Kleber war dermaßen aufgeregt, dass er nickte, anstatt die Frage zu beantworten. Er zog seinen Notizblock heran.

»Wo treffen wir uns und wann wird das sein?«

»Bleiben Sie ruhig, Kleber. Das werde ich Ihnen sicher nicht jetzt am Telefon erklären. Sie können das Band ruhig wieder abschalten. Die Info erhalten Sie direkt auf Ihr Handy. Die Nummer werden Sie mir nun mitteilen und dann abwarten, wie es weitergeht. Sie hören von mir.«

Nachdem Kleber die Nummer genannt hatte, vernahm er nur noch das Freizeichen. Er riss jubelnd beide Fäuste hoch und rotierte ausgelassen mit seinem Drehstuhl.

»Na Patrick, ist das gut, oder ist das gut? Sag was. Ich habe es endlich geschafft, das ist der Hammer. Die großen Blätter der Welt werden mir die Tür einrennen, ich kann jede Gage verlangen von den Wichsern. Aber hör mir zu. Ich habe da eine Idee. Spielst du in meinem Team mit? Bist du dabei?«

Zwei Tage lief Kleber wie ein Pfau durch die Redaktionsräume, ohne seine Kollegen über seinen Wahnsinns-Coup in Kenntnis zu setzen. Sie sollten das Ergebnis wie eine Bombe auf den Tisch geknallt bekommen. Die Titelseite würde er ganz alleine füllen. Er war der absolute Überflieger in diesem Haus. Doch nichts tat sich. Dieser verfickte Killer ließ ihn einfach warten. Als er schon das Angebot als Fake abtun wollte, brummte sein Smartphone. Eine unterdrückte Nummer erschien im Display. Kleber blieb wie angewurzelt stehen, ließ den Aufzug wieder fahren, dessen offene Türen sich wieder fast geräuschlos schlossen. Plötzlich war sie da, diese Anspannung, die ihn bis in die Haarspitzen erfasst hatte.

»Es hat etwas gedauert, Kleber. Ich musste noch was organisieren. Steht unser Deal noch, oder muss ich mir einen neuen Partner suchen?«

»Nein, nein, kein Problem. Cool. Was soll ich tun?«

»Das ist gut. Wir machen es so. Sie setzen sich jetzt in ihren Z4. Ja, ja, Kleber, ich kenne Ihren Sportflitzer, keine Sorge. Selbst das Kennzeichen ist mir bekannt. Sie fahren zur Heisinger Straße. Genau gegenüber der Einfahrt zum Jagdhaus Schellenberg finden Sie das Wartehäuschen für den Linienbus. Um genau dreiundzwanzig Uhr werden Sie in dem Abfallbehälter rechts daneben eine McDonalds-Tüte finden, in der Sie weitere Anweisungen finden. Genau um 23 Uhr, haben Sie verstanden?«

»Ja natürlich um dreiundzwanzig Uhr. Hören Sie, ich ...«

Nur noch ein Freizeichen. Die Leitung war unterbrochen worden. Es blieben ihm noch fast sechs Stunden, bis er sein Treffen hatte. Patrick musste unterrichtet werden.

Weit und breit war keine Sterbensseele zu sehen. Kleber wartete noch ab, bis sich der schwarze Mercedes mit den vier wild diskutierenden Insassen entfernt hatte. Die letzten Gäste des Ausflugslokals hatten allmählich den Weg nach Hause gefunden. Die Straße wurde nur spärlich in großen Abständen von Laternen beleuchtet. Den Abfallbehälter hatte er im Blick. Noch vier Minuten bis er die Tüte herausnehmen durfte. Die Dunkelheit hatte sich wie ein Mantel über die umliegenden Wälder gelegt. Es erschien ihm, als wäre diese Nacht besonders finster. Nur selten durchdrangen die Geräusche von durchfahrenden Fahrzeugen die bedrückende Stille. Noch eine Minute. Kleber rieb sich die steifen Finger. Eine ungewohnte Kälte und Steifheit hatte sich darin breitgemacht. Er verfluchte seine Anspannung, in der er auch eine Prise Angst ausmachen konnte. Es war so weit. Den Schweiß auf der Stirn wischte er mit dem Ärmel seines Mantels weg, bevor er sich auf den Weg machte. Er überquerte die Heisinger Straße und näherte sich seinem Ziel, dem Abfallbehälter. Schon wollte er die Suche nach der Tüte aufgeben, als er sie ganz am Boden unter den feuchten Schalen einer Orange fand. Mit spitzen Fingern zog er sie heraus und versteckte sie unter dem Mantel. Erst als er sich wieder in den tiefen Sitz des BMW fallen ließ, atmete er normal durch und sah sich um. Nirgends erkannte er eine Person, die ihn beobachtete.

Die versiffte Tüte verbreitete einen unangenehmen Geruch im engen Wagen. Seine Hände erfühlten eine kleine Schachtel, die sich als Verkaufspackung eines Haarwassers entpuppte. Darin fand er einen weiteren Zettel. Kleber schaltete jetzt die Innenbeleuchtung des Sportflitzers ein.

Nächstes Ziel: Fahren Sie nach Haarzopf. Nehmen Sie die Raadter Straße und fahren Sie vom Flughafen kommend rechts in die Eststraße hinein. Sie folgen dieser Straße bis zum Ende. Direkt neben der Autobahn treffen Sie auf die Straße Am Treppchen. Dort warten Sie auf weitere Anweisungen. Sie werden sich dort um Einuhrdreißig einfinden.

Die Gegend kannte er recht gut. Bis zum Treffpunkt war es noch lange hin. Er stieg aus und fingerte mit bebenden Händen seine Zigaretten aus der Innentasche. Das Streichholz beleuchtete sein blasses Gesicht. Hastig zog er wie ein Ertrinkender an dem Glimmstängel. Er stellte sich zum wiederholten Mal die Frage, ob er mit dieser gefährlichen Aktion nicht doch einen großen Fehler machte.

Durch das offene Fenster des Wagens erreichte ihn das Rauschen der vorbeirasenden Autos. Die Autobahn befand sich direkt schräg über ihm. Nachdem er die letzten Häuser hinter sich gelassen und einige Getreidefelder passiert hatte, stand er nun an einer Straßeneinmündung. Um ihn herum neigten sich die tiefhängenden Zweige der bedrohlich wirkenden Bäume, so als wollten sie ihm sagen: Geh weg, solange es noch Zeit ist. Alles in ihm drängte, dieser Warnung zu folgen. Die Finger spielten mit dem Startknopf. Was hatte ihn nur zu dieser Dummheit angetrieben. Langsam tastete er nach seinem Telefon. Die andere Hand überzeugte sich davon, dass die illegal besorgte Waffe noch in der Manteltasche ruhte.

Waren da Schritte? Hinter ihm, oder war es seitlich, aus dem Dunkel des Gebüschs kommend? Seine angstgeweiteten Augen blickten in absolute Finsternis. Immer wieder erhellten die Scheinwerfer vorbeihuschender Autos den Himmel. Doch es reichte nicht aus, die Umgebung unterhalb der Böschung zu erhellen. Nur schemenhaft erkannte er die Sträucher. Die Angst kroch ihm über den Rücken, den er fest in die Polster gepresst hielt. Da war es wieder – Kiesel stießen gegen die Reifen. Seine angespannten Nerven spürten diese geringe Erschütterung. Das konnte er sich nicht einbilden. Es war real.

Im Rückspiegel zeigte sich eine Bewegung. Kerbers Augen weiteten sich entsetzt, als er einen undeutlichen Schatten darin erkannte, der regungslos am Heck des BMWs wartete. In bedrohlichem Schwarz gekleidet wartete dort etwas auf ihn, schien ihn zu beobachten. Er bewegte keinen Muskel, wartete nur ab, was als Nächstes geschah. Die rechte Hand umklammerte die Sig Sauer, die er sich irgendwann einmal über dunkle Kanäle besorgt hatte. Die 9 mm-Waffe sollte ihm Sicherheit geben, falls er in eine Situation, wie diese geraten würde. Das war ein Trugschluss. So, wie seine Hand zitterte, würde er sich höchstens selbst ins Bein schießen.

Der Schatten hinter ihm wuchs zu voller Größe an und schob sich neben sein Fenster. Nun konnte Kerber einen schwarzen Umhang erkennen, der jedoch, bedingt durch seine tiefe Sitzposition, in Hüfthöhe endete. Von oben drang ihm die vom Telefon bekannte Stimme ans Ohr.

»Du riechst etwas streng, mein Freund. Ich rieche deine Angst. Warum fürchtest du dich vor mir? Wir sind doch Partner. Steig jetzt aus und folge mir! Ich möchte dir etwas zeigen.«

Kerbers Hand suchte den Türgriff, die andere öffnete sich, die sich zuvor um den Griff der Waffe verkrampft hatte. Er glaubte, plötzlich glühendes Eisen in Händen zu halten. Der komplett in schwarz gekleidete Mann war einen Schritt zurückgewichen, damit Kerber aussteigen konnte. Er überragte den schon nicht kleingewachsenen Kerber noch um einen halben Kopf. Der Reporter sah in zwei ausdruckslose

Augen, die sich hinter einer Haubenmaske versteckten, wie sie früher vom Geheimbund des Ku-Klux Clan getragen wurde. Zumindest Kerbers größte Sorge, der Killer könnte sich ihm ohne Maske zeigen, war damit vom Tisch. Die Selbstsicherheit kam zurück.

»Wo gehen wir hin? Was wollen Sie mir zeigen?«

»Du wirst sehen, mein Freund. Nur Geduld.«

Sie durchschritten eine schmale Unterführung, die unter der Autobahn durchführte. Kerber konnte seinen Partner, wie er sich selbst nannte, in der Dunkelheit nur ahnen. Am Ende des Tunnels erkannte er den schwachen Schein des Nachthimmels. Als sie um eine Biegung kamen, entdeckte er ihn. Sein Herzschlag setzte einen Augenblick aus, als er den Wagen erkannte. Nur zu vertraut war ihm dieser dunkelrote, verbeulte Ford Escort nach vielen Jahren der Zusammenarbeit. Er stoppte, wurde aber brutal weitergeschoben.

Die leeren Augen, in denen sich das Blut aus der Stirnwunde gesammelt hatte, stierten ins Leere. Einen Augenblick glaubte Kerber, die Worte darin lesen zu können: Warum hast du mich da mit hineingezogen? Patricks Schädeldecke hatte sich durch den glatten Schnitt unterhalb des Haaransatzes gelöst. Teile des Hirns lagen frei. Seinen Tod hatte aber der lange Schnitt durch die Kehle herbeigeführt.

Kerber riss die Hand vor den Mund. Als er sich übergab, lief die Flüssigkeit durch die Finger über seinen Trenchcoat. Einer Ohnmacht nahe, warf er sich auf die Motorhaube des schmutzigen Kleinwagens. Er wollte nur weg von hier. Wollte Hilfe holen. Sein Körper streikte, versagte ihm jeglichen Dienst. Erst als sich eine harte Hand in seinen Nacken presste und ihn hochriss, kam wieder Leben in seine Glieder.

Es war ein Reflex, der ihn dazu brachte, die Faust in diese schwarze Maske zu hämmern. Mit schmerzverzerrtem Gesicht rieb er mit der anderen Hand über die aufgeplatzten Knöchel. Der Griff des Monsters hatte sich nicht um einen Deut gelockert. Kerber glaubte sogar, ein hämisches Lachen gehört zu haben, bevor sein Gesicht auf das noch warme Blech des Wagens aufschlug. Der Schmerz, den das zersplitternde Nasenbein verursachte, drang ihm bis in die Füße. Alles in seinem Kopf drehte sich.

Der Killer trat ihm in die Kniekehlen, was Kerber den sicheren Stand nahm. Er krümmte sich schluchzend am Boden zusammen und schützte sein Gesicht, indem er die Arme hochriss. Die Stimme des Mannes durchschnitt die Stille.

»Hast du Wurm wirklich geglaubt, mich mit diesem unfähigen Fotografen überlisten zu können? Ich meinte es ernst mit unserer Partnerschaft. Doch warum bekommt ihr Dreckskerle nie genug? Warum haltet ihr euch für so überirdisch klug? Diese Infrarot-Aufnahmen, die du von mir machen lassen wolltest, werden dir keinen beruflichen Erfolg bescheren. Sie werden dir nur Schmerzen bringen.

Du hättest warten sollen, nur einfach warten. Aber das wolltest du nicht. Die Strafe dafür werde ich nun an dir vollziehen müssen. Du wirst in das Reich des Todes und der Schmerzen einziehen, denn diese Habsucht hat dein Leben zerstört. Du wirst bestimmt wissen, dass es eine der sieben Todsünden ist.«

Der bebende Körper des Reporters hatte sich mit jedem weiteren Wort mehr zusammengezogen. Kerber streckte beide Arme vor, um seinen Peiniger von dem abzuhalten, was er angedroht hatte. Er wollte um Gnade bitten. Seine Bewegungen erstarrten in dem Augenblick, als er die Augen öffnete und in das entblößte Gesicht des Killers sah.

- Kapitel 26 -

Sven blickte sich suchend auf dem Flur der Trauma-Ambulanz um. Die Stille auf dem Flur war irgendwie bedrückend. Es herrschte nicht die Hektik, die man auf Krankenhausfluren mitunter gewohnt war. Eine ernst dreinblickende Krankenschwester blieb neben ihm stehen und sah ihn fragend an.

»Kann ich Ihnen helfen? Suchen Sie einen Angehörigen?«

»Nein, eigentlich suche ich eine Patientin, die erst vor wenigen Tagen in Ihre Abteilung verlegt wurde.«

Gewohnheitsgemäß zeigte er seinen Ausweis, den die Schwester nur mit einem flüchtigen Blick streifte.

»Herr Kommissar Spelzer, Sie sollten wissen, dass Ihnen ein Dienstausweis der Polizei hier in der Psychiatrie keine Extratüren öffnet. Erst recht nicht, da wir hier ausschließlich Kinder und Jugendliche behandeln. Nur Angehörige dürfen Besuche machen, vorausgesetzt der behandelnde Arzt hat grünes Licht gegeben. Sie scheinen noch vor der roten Ampel zu stehen. Wen suchen Sie denn genau. Ich kann Ihnen dann zumindest den Arzt benennen, der das Kind behandelt.«

»Ich muss mir ein Bild davon machen, ob mir die Aussage des Kindes in einem Mordfall behilflich sein kann. Ihr Name ist Sandra Schober.«

»Ja, die kenne ich. Da werden Sie kaum eine Chance haben, mit ihr sprechen zu dürfen. Erst einmal spricht sie kein Wort wegen eines überaus ausgeprägtem Traumata und zweitens wird Ihnen Doktor Faltermann kaum die Genehmigung während der ersten Behandlungsstufe geben. Solange sie sich in der Phase der peritraumatischen Dissoziation befindet, können sie die Patientin eh nicht erreichen. Der Doktor hat sein Büro am Ende des Flurs, letzte Tür rechts. Habe ihn gerade mit einem Kaffee drin verschwinden sehen. Versuchen Sie mal ihr Glück.«

Die Schwester drehte sich ohne weitere Erklärungen ab und verschwand in einem Zimmer. Sven marschierte weiter den Gang entlang, bis ihm das Türschild Doktor med. K. Faltermann auffiel. Auf sein Klopfen folgte ein recht unfreundliches Brummen, dem Sven mit viel gutem Willen ein *Herein* entnehmen konnte. Doktor Faltermann machte sich gar nicht erst die Mühe, sich umzudrehen, als er die Frage stellte.

»Was gibt´s?«

»Mein Name ist Sven Spelzer. Ich ermittle in einer Mordsache und benötige Ihre Hilfe.«

Fast zögerlich löste sich der Endfünfziger von dem Bildschirm, auf dem er sich eine Aufnahme ansah, die vermutlich einen Querschnitt eines Gehirns darstellte.

»Ein Mordfall? Und dabei soll ausgerechnet ich Ihnen helfen können. Das würde mich wundern. Was wollen Sie wirklich von mir?«

145

»Es geht um eine Ihrer Patientinnen, einer Sandra Schober. Wir müssen wissen, was ...«

Hier unterbrach ihn der Arzt mit einer unwirschen Handbewegung. Er drehte sich wieder um.

»Kommen Sie her, Herr Kommissar. Rein zufällig sehen Sie hier das Objekt Ihrer Begierde auf dem Schirm. Ihnen ist ja wohl hoffentlich klar, dass ich Ihnen keine konkreten Aussagen zur Person und deren Zustand mitteilen darf. Das mal vorab. Und jetzt zum Bild hier.«

Er fuhr mit dem Kugelschreiber über den Bildschirm und kreiste eine Region des Gehirns ein.

»Das hier ist der Knackpunkt. Ich will Sie nicht zutexten mit Fachbegriffen, doch genau in diesem Bereich des Gehirns hat die Patientin erheblichen Schaden genommen. Ich will da nicht drumrumreden, dieser Schaden ist irreparabel. Das Kind muss Unvorstellbares erlitten haben. Erschwerend kommt noch hinzu, dass ihr eine in den meisten Fällen tödliche Dosis eines Drogen-Cocktails verabreicht wurde. Sie wird niemals wieder ein normales Leben führen können. Sie ist für den Rest ihres Lebens auf fremde Hilfe angewiesen.

Wir sind schon froh darüber, dass sie ihre motorischen Fähigkeiten noch größtenteils besitzt. Sie kann zum Beispiel essen, trinken und laufen. Allerdings wurden ihr sämtliche kognitiven Fähigkeiten genommen. Ihr Sprachzentrum ist massiv gestört. Sie erkennt selbst nahe Angehörige nicht mehr. Sie lebt in einer Welt, die uns Normalsterblichen verschlossen bleibt. Dort erreichen sie nur hin und wieder Erinnerungsfragmente. Genau das macht mir Sorgen. Darunter leidet sie dann. In diesem Zustand kratzt sie wie besessen auf ihren Blättern herum, die wir ihr ins Zimmer gelegt haben.«

Sven hatte still zugehört und versuchte, diesen aufkeimenden Hass auf den Killer niederzukämpfen. Zu oft erlebte er die Spätfolgen der Opfer, falls sie einen Übergriff überlebten. Der Arzt war ihm wegen seiner Offenheit sympathisch. Daher schilderte er ihm in kurzen Sätzen grob die Situation und die Tathergänge. In dem ansonsten verschlossenen Gesicht des Mediziners zuckten die Wangenmuskeln, es arbeitete tief in seinem Inneren.

»Doktor Faltermann. Sie berichteten gerade darüber, dass die kleine Sandra zeichnet, wenn sie sich scheinbar erinnert. Haben Sie diese Zeichnungen schon analysiert?«

»Ich weiß, worauf Sie hinaus wollen. Nein, wir haben dazu noch keine Zeit gehabt. Aber Sie haben doch auch eigene Fachleute, wenn ich richtig unterrichtet bin. Wenn Sie es wünschen, könnte ich Ihnen von den bisherigen Zeichnungen ausnahmsweise Kopien ziehen lassen. Wenn wir dadurch diese Bestie festsetzen können, bevor sie ein neues Opfer unter den Kindern findet, bin ich gerne bereit, mich über gesetzliche Regeln hinwegzusetzen.«

Doktor Faltermann führte ein kurzes Telefonat. Kurze Zeit später erhielt Sven einen Stapel Papier.

Ihm stellten sich die Haare auf, als er die Zeichnungen im Auto flüchtig durchblätterte. Das Grauen im Inneren des Mädchens war für ihn ansatzweise vorstellbar geworden.

- *Kapitel 27* -

»Das ist ja der Wahnsinn. Und das meine ich im wahrsten Sinne des Wortes. Was muss dieses Mädchen gesehen und erlitten haben?«

Karin legte die Zeichnungen beiseite und atmete tief durch. Es waren nicht nur diese bedrückenden, dunklen Farben, es war die Wildheit in den Zeichnungen. Schwarz, Lila und Rot bestimmten ein Wirrwarr von Strichen, die insgesamt jedoch immer ein Motiv ergaben. Mal war es ein Raum, der nur schemenhaft einen Menschen erkennen ließ. Bei anderen Motiven erkannte sie ein Messer, Gitter und Feuer. Doch am beeindruckendsten empfand sie dieses eine, sich immer wiederholende Gesicht, das geprägt war von hervorstechenden, bedrohlich wirkenden Augen. Teilweise waren dem Kopf Hörner aufgesetzt worden. Eines zeigte diesen Männerschädel sogar mit einer Axt, die darin steckte. Immer durchfloss Blut die Bilder, dominierte das Motiv. Auch Sven legte die Seiten einen Augenblick beiseite und grübelte.

»Ich werde die morgen mal Doktor Heimes vorlegen, der kennt sich in den Dingen aus und wird daraus einiges mehr erkennen können als wir. Aber mir stehen schon beim Betrachten die Haare zu Berge.«

Während beide den Kuchen kauten, den ihnen Karins Freundin Katja serviert hatte, ruhten die Blicke immer mal wieder auf den Blättern. Als sich die Tür öffnete und Katja ihre Einkaufstasche mit einem tiefen Seufzer vor der Garderobe abstellte, sahen sie hoch und begrüßten ihre Gastgeberin mit einem synchronen Hallo. Katja warf ihren Mantel über den Garderobenhaken und räumte die Lebensmittel flugs in die Küchenschränke ein. Dann warf sie sich zu Karin auf die Couch und schloss für einige Sekunden die Augen.

»Was habt ihr so den ganzen Tag getrieben, während ich mich abgeschuftet habe? Wie schmeckt der Kuchen? Ist ein neues Rezept, das ich an euch ausprobiert habe.«

»Du hättest etwas weniger Senf nehmen sollen und dafür mehr Zucker, dann ...«

Katja knuffte ihre Freundin lachend in die Seite und sprang wieder auf.

»Was ist das hier? Sucht ihr euch schon Wandbilder für eine gemeinsame Wohnung aus? Zeig mal her.«

Ausgelassen nahm sie die Zeichnungen vom Tisch. Das Lachen erstarb mit dem Betrachten des ersten Bildes. Das Entsetzen über die Strahlkraft der Motive ließ sich in ihrem Gesicht lesen. Immer hektischer werdend blätterte sie den Stapel durch, bis sie alles auf den Tisch warf. Sie schlang die Arme um ihren Oberkörper und drückte sich in das Rückenpolster.

»Das ist ja widerlich. Aus welchem Höllenschlund habt ihr das Zeug denn gezogen? Das bleibt doch wohl nicht hier in der Wohnung, oder. Ich mach heute Nacht kein Auge zu. Nimm das bloß wieder mit, Sven.«

Karin ergriff die Hand Katjas und hielt sie fest. Als sie zu Sven hinübersah, bemerkte sie sein Nicken und wandte sich wieder an Katja.

»Das sind die Zeichnungen eines Kindes, Katja. Wir denken, dass dieses Mädchen rein intuitiv das damit ausdrückt, was an Erinnerung verblieben ist. Das Grauen hat wohl die Wahrnehmung derart verändert, dass die Bilder des Erlebten nun das Denken dominieren. So würde ich das mal laienhaft ausdrücken.«

Zögernd nahm Katja die Blätter wieder auf, so als wären sie glühende Kohlen. Sie sortierte mehrere Stapel und ergriff schließlich einen davon. Die einzelnen Blätter verteilte sie auf dem Tisch. Die Kuchenteller schob sie gedankenverloren beiseite. Immer wieder glitt ihr Blick über die Seiten. Karin und Sven wechselten verständnislose Blicke.

»Seht ihr das auch?«

Die Frage stand im Raum, ohne dass einer der Angesprochenen sie einordnen konnte. Sie rutschten etwas nach vorne und versuchten herauszufinden, was Karin damit gemeint haben konnte. Immer wieder zeigte ihr Finger auf eine Stelle des skizzierten Gesichtes.

»Da ist es, diese Stelle. Auf jedem Bild hat das Mädchen hier stärker gemalt. Seht mal. Überall hat sie die Konturen nur grob angedeutet, hier jedoch immer wieder mit vielen Strichen übermalt. Da ist etwas, was sie besonders hervorheben wollte.«

Jetzt wurde Sven neugierig und nahm mehrere Blätter auf. Karin wandte sich an Katja.

»Wie kommst du auf sowas?«

»Karin, ich bin Erzieherin im Kindergarten. Wir haben gelernt, aus den Bildern der Kinder zu lesen. Oft drücken sie darin Konflikte aus, die auch schon mal zuhause stattfinden. Wir haben dadurch erst im letzten Jahr eine sexuelle Misshandlung durch den Onkel eines kleinen Jungen aufdecken können. Das sieht für Außenstehende immer aus wie Spielerei, wenn wir zum Beispiel Urlaubsbilder malen lassen. Hin und wieder geben die Kinder uns Zeichen. Da bekommt man irgendwann eine Antenne für Botschaften, die Kinder anders kaum ausdrücken können.«

Sven saß kerzengerade in seinem Sessel und starrte auf die Bilder. Die Farbe war aus seinem Gesicht gewichen. Die beiden Frauen beobachteten ihn dabei, wie er sein Telefon aus der Jacke zog und eine Nummer wählte.

»Krassnitz, hören Sie. Suchen in den Einwohnerregistern von Köln und Essen nach einem gewissen Elmar Harrer. Wenn Sie was gefunden haben, sofort Meldung an mich. Und bitte erledigen Sie das vor allem Anderen. Nehmen Sie sich dazu so viele Leute, wie Sie brauchen.«

»Wird erledigt, Chef.«

»Was ist los, Sven? Hast du eine Spur?«

»Dass ich daran aber auch nicht sofort gedacht habe. Genau das ist es. Seht her. Ich kann es kaum glauben, dass Katja diese Feinheit entdeckt hat. Das ist eine Narbe, meine Lieben, eine Riesennarbe.«

Sven begann damit, den Frauen in Kurzform von seinem Besuch in Köln zu berichten, als er die Harrers besuchte. Verhaltener Optimismus machte sich breit, als Sven sich schließlich verabschiedete und ins Präsidium eilte.

»Was ist los, Krassnitz? Ich vermisse Ihr Strahlen. Haben wir noch nichts gefunden?«

»Schon, Chef. Aber die Spur verliert sich bereits vor fünfundzwanzig Jahren. Da wurde dieser Elmar Harrer von seinen Pflegeeltern als vermisst gemeldet. Danach gibt es keine Einträge. Die Eltern heißen ...«

»Ich weiß, ich weiß, die habe ich ja besucht. Scheiße, Scheiße.«

Krassnitz wich einen Schritt zurück, als ihr Chef die letzten Worte durch das Büro schrie. Hörster steckte neugierig seinen Kopf herein.

»Schon gut, Leute. Nichts passiert. Mir war nur gerade danach.«

Sven ignorierte das Klingeln seines Telefons, das schon zum wiederholten Mal auf sich aufmerksam machte. Krassnitz schaltete sich dazwischen und setzte sich kerzengerade auf.

»Tatsächlich? Sie sind sich sicher? Wo denn? Ich sage ihm Bescheid.«

Hörster und sein Sven Spelzer blickten neugierig auf Krassnitz, die betont langsam den Hörer in die Halterung legte. Ihr Blick war starr auf den Schreibtisch gerichtet. Die Männer spürten, dass da was sehr Unangenehmes passiert sein musste.

»Was denn nun. Lassen Sie es endlich raus. Was wollen Sie mitteilen?«

»Man hat ihn gefunden, Chef, diesen Kerber. Ruhnert ist schon mit seinen Männern vor Ort. Diesmal nicht bei der Isenburg.«

»Verdammte Scheiße. Hört das denn nie auf? Sagen Sie nicht, jetzt hat der Killer auch diesen Schwachsinnigen erwischt. Wo muss ich hin?«

»Das ist noch nicht alles, Chef. Da gibt es noch eine zweite Leiche. Ruhnert meint, dass es ein Fotograf, ebenfalls von der Zeitung wäre.«

»Hörster, Sie kommen mit.«

- Kapitel 28 -

»Verflucht. Was ist mit diesem Irren los? Warum muss der
die Opfer immer so fürchterlich herrichten? Würde mich
nicht wundern, wenn der einen Pferdefuß hat. Das ist der
Satan persönlich.«

Sven wendete den Blick vom wahrscheinlichen Tatort ab
und sah rauf zur Randbefestigung der Autobahn. Seine
geballten Fäuste zeigten deutlich, was in ihm vorging. Dieser
Job kotzte ihn manchmal wirklich an. Er nahm sich vor,
heute Abend einmal wieder die Ruhe an der Theke des
Marktbrunnens zu genießen. Der Alkohol würde ihn für eine
kurze Zeit vergessen lassen, was diese Welt an Unmenschlichkeit zu bieten hatte. Doch jetzt forderte ihn dieser
beschissene Job. Er beobachtete Hörster, der sich an der
Böschung die letzten Reste des Erbrochenen von den Wild-
lederschuhen rieb.

»Was haben wir, Ruhland?«

»Fangen wir mit diesem Patrick Schubert an. Den Killer
hat es scheinbar nicht gestört, dass der Mann sämtliche
Papiere, mitsamt Presseausweis bei sich trug. Er wollte
wohl, dass wir die Daten sofort zur Hand haben. Der Tod trat

relativ schnell ein. Etwas ungewöhnlich bei unserem Killer. Aber das Opfer sollte wohl lautlos und schnell sterben.

Er hat dem Opfer wahrscheinlich mit einem langen Messer, ich tippe auf eine Machete, zuerst den Hals fast komplett durchtrennt. Warum er ein zweites Mal zuschlug und die Schädeldecke freilegte, kann ich jetzt noch nicht mit Bestimmtheit sagen. Der Mord passierte hier. Das zeigen die Blutflecken neben dem Auto. Bei der Tat war die Fahrertür geöffnet. Ich vermute, unser Täter schob das Opfer wieder zurück auf den Sitz, nachdem es aus dem Wagen kippte. Nun kommen wir zu diesem Kleber. Da hat sich unser Mann wohl etwas mehr Zeit gelassen. Ich habe versucht, den Hergang zu rekonstruieren. Kleber scheint sich gewehrt zu haben, denn seine Handknöchel weisen Spuren auf, als ob er seine Faust gegen eine Wand geschlagen hätte. Sein gebrochenes Nasenbein zeigt deutlich die entsprechende Reaktion des Gegners. Klebers Blut und Knorpelteile aus der Nase habe ich auf der Haube sicherstellen können. Der Täter muss ihn also auf die Motorhaube gedonnert haben. Danach wurde das Opfer rücklings auf die Haube gelegt und mit den Händen an den Seitenspiegeln festgebunden. Das Panzerband ist in jedem Baumarkt zu bekommen und wird uns nicht weiterbringen.

Gestorben, das heißt, verblutet ist Kleber aber erst durch den langen Bauchschnitt. Der Killer hat zuvor den Unterleib freigelegt, also Hemd und Hose fein säuberlich gelöst. Dabei hat er tatsächlich Knopf für Knopf geöffnet. Er muss die Zeremonie genossen haben. Erst dann wurde mit einer sehr scharfen Klinge ein etwa vierzig Zentimeter langer Bauchschnitt durchgeführt, der die inneren Organe freilegte. Ich kann Ihnen versichern, das war ein langer Todeskampf. Und damit ihm das Schreien nicht die Nachbarn auf den Plan rief, hat er dem Opfer den Kehlkopf nach innen gedrückt. Das ist kein Mensch mehr, Spelzer.«

Aus den Augenwinkeln heraus verfolgten die beiden Ermittler, dass Hörster erneut die Böschung aufsuchte. Mehr zu sich selbst murmelte Sven vor sich hin. »Ein Künstler. Er sieht sich ja selbst als Künstler, nicht als perverser Mörder. Ich nehme an, dass Ihre Männer bisher noch keine brauchbaren Spuren gefunden haben.«

Ruhnert zuckte mit den Schultern und zog seinen Mundschutz herunter. Er zog Sven einige Meter weg vom Tatort, damit die Männer wieder arbeiten konnten.

»Dazu ist es jetzt noch zu früh. Allerdings haben wir Fußspuren, ich meine Sohlenabdrücke sichergestellt, die wir neben beiden Fahrzeugen fanden, aber auch im Tunnel. Da müssen wir dranbleiben. Es könnte die erste Spur des Killers, somit sein erster Fehler sein. Wir beide wissen es doch, einmal machen sie alle einen kleinen, aber entscheidenden Fehler. Dieses Monster darf nicht mehr lange herumlaufen. Packen wir ihn bei den Eiern, Spelzer. Diese Morde hier werden für viel Aufregung sorgen. Immerhin hat es Journalisten erwischt. Da wird die Presse was draus machen. Ich möchte nicht in Ihrer Haut stecken. Übrigens, der Alte bat mich, Ihnen mitzuteilen, dass Sie sofort ...«

»Ja, ich werde Fugger einen Bericht abliefern. Doch vorher muss ich noch was erledigen.«

»Karin, du wirst noch heute zwei Gäste in deinen heiligen Hallen begrüßen können. Ich brauche eine sofortige Untersuchung. Der Wahnsinnige hat wieder zugeschlagen. Sobald du was Brauchbares hast, rufe mich bitte an. Nein, Kommando zurück, du rufst mich sofort an, sobald du das Band abhörst.«

Sven war sichtlich irritiert, als sich die Mailbox einschaltete. Er hatte mit Karin vereinbart, dass sie ihr Mobiltelefon immer, rund um die Uhr, eingeschaltet lässt. Vielleicht war sie gerade in einem Tunnel und rief gleich zurück. Etwas Unerklärliches ließ ihn im Fahrzeug verharren, mit dem er jetzt vor dem Präsidium vorgefahren war. Er versuchte es noch einmal. Nun kam die Durchsage: *Der Teilnehmer ist vorübergehend nicht erreichbar.* Sein Bauch meldete sich.

»Krassnitz, schreiben Sie mit. Sie schicken jeweils einen Wagen zu folgenden Adressen und lassen nachsehen, ob Frau Hollmann dort auffindbar ist. Danach sofort Meldung an mich.«

»Ist was passiert mit der Frau Doktor?«

Die Antwort blieb aus. Sven peitschte das Auto Richtung Uni-Klinikum.

- Kapitel 29 -

Endlich fand Karin einen passenden Parkplatz und setzte den Wagen gekonnt rückwärts ein. Nachdem sie den Motor abgestellt hatte, lehnte sie sich zurück und schloss die Augen. Noch einen Augenblick der Ruhe genießen, bevor sie mit Katja das Abendessen zubereiten würde. Der Tag war eigentlich ohne große Höhepunkte abgelaufen, zwei Obduktionen und anschließend diese ätzenden Berichte verfassen. Das normale Chaos. Sie sehnte sich nach der Ruhe und der gewohnten Umgebung ihrer eigenen Wohnung, obwohl die Abende mit Katja recht amüsant verliefen. Ihre Freundin hatte aber auch ein Gespür dafür, wenn Karin mal ungestört ihren Gedanken nachhängen wollte. Dann nahm sie sich ein Buch und ließ ihren Gast in Ruhe. Ein Mensch, der einfach da war, wenn man ihn brauchte.

Die Dunkelheit zog auf und verbreitete mit einem unangenehmen, feinen Nieselregen schlechte Stimmung. Die wenigen Menschen, die sich mit tiefgezogenen Schirmen gegen den böigen Regen stemmten, waren nur als Schemen erkennbar. Der auf den Scheiben liegende Sprühregen verzerrte den Schein der Laternen zu undeutlichen Sternen.

Vorbeifahrende Autos blendeten mit ihren Scheinwerfern. Darin lag der Grund, dass sie die Person, die neben ihrem Auto auftauchte, erst sehr spät wahrnahm. Das Klopfen an der Seitenscheibe schreckte sie auf. Noch teilweise in Gedanken suchte ihr Finger den Knopf, der dann summend die Scheibe herunterfahren ließ. Die Hand, die ihr das Tuch über Mund und Nase presste, sah sie zu spät. Das Narkotikum raubte ihr in Sekundenschnelle die Sinne. Ihr Körper erschlaffte augenblicklich hinter dem Steuer.

Karin Hollmann bekam nicht mehr mit, dass die Beifahrertür geöffnet wurde, und jemand sie vom Fahrer- auf den Beifahrersitz zog. Niemand nahm Notiz davon, wie sich der rote Mini-Cooper der Ärztin kurz darauf wieder in den Verkehr einfädelte.

Die Zufahrt zu dem abseits liegenden Haus konnte ein Ortsunkundiger schnell übersehen. Der Regen hatte die Vertiefungen am Anfang des schlammigen Weges mit Wasser gefüllt. Der Fahrer des tiefliegenden Mini Coopers musste vorsichtig die Pfützen umfahren, um nicht aufzusetzen. Das im Dunst auftauchende Gebäude lag in völliger Dunkelheit. Die Efeupflanzen, die bereits seit vielen Jahren einen festen Halt an den Backsteinmauern gefunden hatten, verliehen dem Haus etwas nicht erklärbar Finsteres. Selbst der Aufgang zur schwarzen Haustür war teilweise überwuchert.

Die Fenster ließen sich nur erahnen, so dicht waren sie vom Efeu in Besitz genommen worden. Der Geruch von feuchtem Moder, der aus dem nahegelegenen Wald zu kommen schien, verursachte Schauder. Die Scheinwerfer, die das Haus kurzzeitig beleuchtet hatten, erstarben, nachdem der Mini in dem Holzschuppen verschwunden war. Ein großer Schatten, der einen menschlichen Körper über der Schulter trug, tauchte aus dem Dunkel des Schuppens auf. Bevor er mit seiner Last zur Haustür ging, verschloss er den Schuppen mit zwei schief in den Angeln hängenden Holztüren. Als sich die schwarze Eingangs-Tür hinter dem Mann schloss, tauchten die Umrisse des Hauses wieder ein in die Finsternis der Nacht. Nichts ließ die Vermutung zu, dass hier jemand wohnte, wenn nicht dieser schwache Lichtschein hinter einem der Kellerfenster kurz aufgetaucht wäre. Er erstarb wieder nach wenigen Augenblicken.

- Kapitel 30 -

»Frau Doktor Hollmann ist noch nicht eingetroffen. Schon irgendwie seltsam, wo sie doch immer schon lange vor allen anderen hier ist. Wir haben ja heute die beiden Neueingänge, diese Presseleute. Ich werde dann schon alles vorbereiten. Sie müsste ja jeden Moment kommen.«

Der Assistent zog das Laken zurück und legte die Leiche des Fotografen frei. Als Svens Blick wieder auf das entstellte Gesicht des Mannes fiel, erinnerte ihn sein Magen daran, dass er noch nicht gefrühstückt hatte. In diesem Augenblick sogar ein glücklicher Umstand. Es wirkte wie eine Flucht, als er das Institut verließ und zum Wagen lief. Wieder versuchte er, Karin über das Mobiltelefon zu erreichen. Schließlich wählte er Katjas Nummer.

»Wieso sagst du mir das erst jetzt, dass sie die ganze Nacht nicht bei dir war? Das ist doch wichtig. Du weißt doch, was hier los ist, und warum sie bei dir schlafen soll. Warum hast du ...«

»Jetzt mach mal halblang, Sven. Ich hätte dich bestimmt angerufen, wenn Karin nicht davon gesprochen hätte, dass sie gerne mal bei dir zuhause schlafen würde. Du hast sie

immerhin noch nie dorthin eingeladen. Ich dachte, dass sie
...«

»Nein, verdammt. Dann hätte ich dich darüber unterrichtet. Aber lass uns nicht streiten. Dazu ist jetzt nicht die richtige Zeit. Ich überlege, wo sie eventuell noch sein könnte. Karin würde doch niemals ihr Telefon komplett ausschalten. Ich werde sehen, ob wir das Gerät orten können. Wenn dir was einfällt, Katja, meine Nummer hast du ja.«

Sven presste die Stirn gegen das Lenkrad, stieß immer wieder dagegen. Verzweiflung machte sich breit. War es tatsächlich geschehen? Hatten seine Vorsichtsmaßnahmen nicht ausgereicht, diese Frau vor dem Killer zu schützen? *Nein, nicht sie ... bitte! Gott im Himmel, wann hört das endlich auf?* Er musste die Tränen der Wut zurückhalten, die ihm in die Augen treten wollten. Mehrfach schlug er mit der flachen Hand gegen das Lenkrad.

»Geht es Ihnen nicht gut? Kann ich irgendwie helfen?«

Sven sah in das besorgte Gesicht eines Arztes, der zufällig vorbeigekommen war und jetzt durch das Seitenfenster blickte.

»Nein danke, es geht schon wieder. Habe nur gerade eine schlechte Nachricht erhalten. Danke Doktor, vielen Dank.«

Sven ließ die Scheibe wieder nach oben gleiten und startete den Wagen. Um Haaresbreite verfehlte er beim Ausparken einen hinter ihm vorbeifahrenden Krankenwagen. Nur ein schnelles Abbremsen verhinderte den Crash.

Verdammt, du Loser, jetzt krieg dich mal wieder ein. Sie wird bestimmt wieder auftauchen. Ihr ist nichts passiert.

Ohne Gruß betrat er das Büro und setzte sich hinter den Schreibtisch. Keiner sprach ihn an. Die Nachricht hatte sich in Windeseile durch die Abteilung verbreitet. Alle steckten die Köpfe in ihre Arbeit. Lediglich Krassnitz stellte Sven eine dampfende Tasse Kaffee vor und schob ihm ein Croissant auf einem zweiten Teller hin, auf dem sie noch einen Klecks Marmelade platziert hatte. Wortlos legte sie ihrem Chef eine Hand auf die Schulter und entfernte sich wieder.

»Krassnitz!«

»Ja?«

»Danke.«

Das Lächeln, mit dem seine Assistentin diesen Kurzdialog quittierte, sah Sven nicht, der auf dem Hörnchen kauend aus dem Fenster in den trüben Himmel starrte.

»Chef, darf ich stören?«

Hörster hatte sich, von Sven unbemerkt, neben dem Schreibtisch aufgebaut.

»Wäre es nicht sinnig, eine Fahndung rauszugeben. Wir wissen ja alle, warum Sie Frau Hollmann abgeschirmt haben. Dass sie jetzt verschwunden ist, würde ich nicht als normal abtun. Außerdem sollten wir vielleicht nach diesem Elmar Harrer suchen. Wir haben doch dieses Foto, das Sie aus Köln mitgebracht haben. Der Kollege Schreiner kann doch ein Fahndungsfoto erstellen, so wie er heute aussehen könnte. Das machen wir doch nicht zum ersten Mal. Chef, hören Sie mir überhaupt zu?«

Hörster stupste Sven Spelzer gegen die Schulter. Der schrak hoch und rief sich Hörsters Worte wieder ins Gedächtnis.

Der Mann hatte absolut recht. Warum war er selbst nicht in seinem Selbstmitleid darauf gekommen. Komm, Sven, du bist doch ein Profi!

»Sie haben recht, Hörster. Natürlich. Leiten Sie die Fahndung nach Beiden in die Wege. Besorgen Sie sich von der Personalabteilung des Klinikums ein Foto von Frau Hollmann. Ich habe leider keins. Das Foto von dem Killer zeigt sie ja nur von der Seite.«

Die Atmosphäre veränderte sich augenblicklich, als die Mitarbeiter der Soko endlich Aktionen sahen. Sie hatten mit einiger Besorgnis erkannt, dass ihr Soko-Leiter persönlich betroffen war und Gefahr lief, keine objektiven Entscheidungen mehr treffen zu können. Das Problem hatte sich zumindest für den Augenblick erledigt. Sven stürzte sich wieder in das Studium seiner Listen, suchte nach der Lösung.

- Kapitel 31 -

Der Gestank war ekelerregend. Karins Nase war einiges gewohnt, sodass ihr der metallische Geruch von Blut zuerst auffiel. Doch er hatte sich mit Moder und den aufdringlichen Ausdünstungen von menschlichen Fäkalien vermischt. Ihr Kopf schmerzte fürchterlich. Was war passiert? Sie erinnerte sich lediglich daran, dass sie vor Katjas Haus eingeparkt und die Scheibe heruntergefahren hatte. Von da an fehlte ihr jede Erinnerung. Da war ein Filmriss.

Das Dämmerlicht offenbarte ihr lediglich einen komplett mit Holz ausgeschlagenen Raum von etwa zehn Quadratmetern. Eine winzigkleine LED-Leuchte spendete nur so viel Licht, dass sie grob die Inneneinrichtung erkennen konnte. Das, was sie sah, gab ihr keinen Anlass, in Jubel auszubrechen. Sie glaubte, in diesem Augenblick an den Set eines mittelmäßigen Horrorfilms versetzt worden zu sein. Das Inventar des Zimmers bestand aus einer Liege, auf der sie sich im Augenblick befand und einem runden Tisch mit Stuhl. In der Ecke erkannte sie eine einfache Toilette mit Spülkasten, daneben ein kleines Waschbecken. Damit erschöpfte sich dann auch die Ausstattung. Der betäubende

Geruch zog durch eine vergitterte Öffnung in der Tür in den Raum.

Ungläubig schloss sie die Augen, in der Hoffnung, aus diesem Traum zu erwachen, sobald sie diese wieder öffnete. Das Bild der Hoffnungslosigkeit blieb. Karin bemühte sich in die sitzende Position. Sofort spürte sie die aufkeimende Übelkeit, die mit großer Wahrscheinlichkeit auf das Narkotikum zurückzuführen war, das ihr verabreicht wurde. Sie presste die Daumenballen gegen die Schläfe, atmete kräftig ein und aus. Es wurde besser.

Ruhig, Karin, bleib ruhig. Panik ist jetzt bestimmt nicht hilfreich. Wo bist du?

Die Gedanken jagten durch ihren Kopf und ließen ein klares Denken für den Augenblick noch nicht zu. Sie erhob sich schwankend und tastete sich zum Waschbecken.

Gott sei Dank. Das Wasser war frisch und trinkbar.

Sie trank wie eine Verdurstende und hielt ihr Gesicht unter das erfrischende Nass. Ein sauberes Handtuch, das neben dem Becken an einem Haken hing, half ihr, das Gesicht abzutrocknen. Das klare Denken kam wie aus einem wabernden Nebel zurück. Erneut sah sie sich um, analysierte, wie sie es gewohnt war.

Ich lebe noch. Hätte er mich töten wollen, wäre ich schon tot. Dass ich mich in einem Raum mit Wasser, Bett und Toilette befinde, lässt die Hoffnung zu, dass er mich noch eine Weile am Leben lassen möchte. Die Frage ist nur, ob er mich foltern will oder nur als Geisel genommen hat. Sven wird schnell merken, dass ich entführt wurde und alles daran setzen, dass er mich findet. Das ist ein guter Ermittler. Er wird mich finden. Ganz sicher.

Sie hatte damit begonnen, ihre Gedanken leise auszusprechen. Es gab ihr Sicherheit, mehr Glauben an das, was sie sich bisher nur erhoffte. Karin kniete sich vor die Tür und versuchte, weitere Details durch das Gitter zu erkennen. Das Wenige, was sie erkannte, war eine weitere Tür schräg gegenüber.

»Hallo? Ist da noch jemand? Sprechen Sie mit mir. Wo bin ich?«

Nichts. Nicht ein Ton, der ihr die Anwesenheit einer weiteren Person verriet. Absolute, gespenstische Stille erfüllte die Räume. Sie gab weitere Versuche auf und legte sich wieder auf ihre Liege. Fieberhaft überlegte sie, woher dieser Blutgeruch stammen könnte. Dieser Raum war relativ sauber. Man hätte ihn unter diesen Umständen sogar als bewohnbar bezeichnen können. Selbst die Bettwäsche roch frisch. Dieser Umstand trug jedoch nicht zu ihrer Beruhigung bei. Sie hatte von Opfern gehört, die jahrelang gefangen gehalten wurden und als Sex-Sklavinnen Perverser eingesperrt blieben. Allein die Vorstellung trieb ihr den Schweiß über den Körper.

Das Gefühl für Zeit war ihr abhandengekommen. Ihre Uhr fehlte und ließ sie fast verzweifeln. Waren es Stunden, Tage, die sie hier in diesem Halbdunkel verbracht hatte? Die absolute Stille des Raumes ließ sie überdeutlich ihren Tinnitus, sogar ihren Puls hören. Die Augen hatten sich mittlerweile an die Lichtverhältnisse gewöhnt. Wenn nur nicht diese unerträgliche Stille wäre.

Sie schrak hoch. Da war etwas. Ein dumpfes Stampfen, schwere Schritte über ihr. Karin setzte sich auf, schüttelte die Müdigkeit ab. Jetzt war sie hellwach. Der Körper begann, ihre Anspannung umzusetzen. Ein ständig wachsendes Zittern begann, das sie nicht zurückdrängen konnte. Es war übermächtig und zeigte deutlich, wie es um ihr Nervenkostüm bestellt war. Angestrengt lauschte sie, versuchte zu erkennen, wo sich die Person über ihr befand. Nichts. Wieder absolute Stille. Sie eilte zur Tür, legte das Ohr an das Holz. Das Zittern wurde stärker und beherrschte jetzt ihren Körper komplett. Um nicht den Halt zu verlieren, schleppte sie sich zurück zur Liege. Sie lauschte.

Sehr leise, jetzt aus einer anderen Richtung, vernahm sie wieder das Stampfen. Türen wurden geöffnet, wieder zugeschlagen. Stimmen? Waren da Stimmen? Ganz schwach waren sie da, oder nicht? Karin war sich nicht sicher, ob es vielleicht nur ihre Nerven waren, die ihr einen bösen Streich spielten. Nun schlug die Tür wieder zu, doch viel näher als vorhin. Die schlurfenden Schritte kamen näher. Karin fror und zog ihren Mantel, den sie immer noch trug, enger zusammen. Die Angst lähmte jede weitere Bewegung, als die Schritte verstummten – direkt vor ihrer Tür. Sie glaubte, sich übergeben zu müssen. *Was hatte der Wahnsinnige vor?*

Die Zeit verstrich, in der sie das Öffnen einer anderen Tür vernahm. Ein kurzes Klappern, dann wurde diese Tür wieder geschlossen. Schritte. Da waren sie wieder, direkt vor ihrer Tür. Ein Riegel wurde zurückgezogen und die Tür öffnete sich einen Spalt. Karins Herz hatte das Schlagen eingestellt, es stand einfach still, während ihr Blick auf den Türspalt gerichtet war. Der große Schatten eines in Schwarz gekleideten Mannes füllte den Zwischenraum aus. Karins Gesicht verzerrte sich in ihrer Verzweiflung zu einer Grimasse. Der Schrei, den sie ausstoßen wollte, endete in einem Krächzen.

- Kapitel 32 -

»Darf ich Sie einen Moment stören, Chef? Es könnte wichtig sein.«

Wieder war es Krassnitz, die mit Papieren bewaffnet auf dem Stuhl vor Svens Schreibtisch Platz nahm.

»Sie sagten doch, dass dieser Elmar Harrer damals spurlos verschwand. Dass wir ihn bei keinem Einwohnermeldeamt finden können, lässt ja nur wenige Rückschlüsse zu. Er hat sich einfach nicht angemeldet, wäre sicher eine Möglichkeit. Aber dann dürfte es schwer sein, zum Beispiel einen Job zu finden oder ein Bankkonto zu eröffnen. Er kann in der Zwischenzeit auch verstorben sein. Aber auch das wird in unserem bürokratisch geführten Staat irgendwo vermerkt. Er könnte das Land verlassen haben, ohne dass wir es bemerkt haben. Mir fällt da aber noch eine weitere Variante ein. Sie sagten doch, dass er adoptiert wurde. Da dachte ich mir ...«

Sven, der erst mäßig interessiert zugehört hatte, schrak jetzt hoch.

»Natürlich Krassnitz, das ist es. Warum sind wir nicht schon früher darauf gekommen? Ich denke, dass Sie das Gleiche vermuten wie ich.«

»Kann ich nicht sagen, Chef. Ich glaube daran, dass er mit seinem Geburtsnamen durchs Land zieht und uns wie ein Rindvieh am Nasenring herumführt.«

»Krassnitz, ich könnte Sie küssen. Sofort nach diesem ... warten Sie einen Moment ... wo habe ich die Notiz ... ja, einen Elmar Pehling suchen lassen. Scheiße, wir haben so viel Zeit mit Harrer vertan. Alle Leute dransetzen. Los geht´s.«

Krassnitz eilte zurück an ihren Schreibtisch, nicht ohne etwas vor sich hinzumurmeln.

»Ich könnte Sie küssen, Krassnitz. Ja, ja. Nur leere Worte, alles leere Worte.«

Das Team traf sich zum Round-Table-Gespräch und wartete, heftig diskutierend, auf das angedrohte Erscheinen des Kriminalrats Fugger. Die Erkenntnis, dass der Täter seinen Geburtsnamen verwenden könnte, hatte die Ermittlungen einen riesigen und mutmachenden Schritt nach vorne gebracht. Endlich erschien Fugger und setzte sich neben Sven Spelzer an den Tisch.

»Liebe Kollegen, danke für die bisherige Arbeit. Ich glaube, sagen zu dürfen, dass wir Licht am Horizont sehen. Und wem haben wir das einmal mehr zu verdanken?«

Er zeigte mit beiden Händen auf Krassnitz, die sich in ihrem Stuhl ganz klein gemacht hatte. Der ehrliche Applaus des Teams, das dabei sogar aufstand, machte sie ganz verlegen.

»So, genug des Lobes, Herrschaften. Jetzt, wo wir den mutmaßlichen Täternamen kennen, werden wir die Festnahme wohl bald durchführen können. Der Kollege Spelzer wird das Wort übernehmen. Ich muss jetzt zu einem Termin zum Präsidenten. Das mache ich mit einem guten Gefühl im Bauch. Gute Arbeit.«

Alle atmeten sichtlich durch, als Fugger den Raum verließ. Die gewohnte Lockerheit breitete sich wieder aus, als Sven die Führung der weiteren Diskussion übernahm.

»Ich habe mir die Zeichnung angesehen. Das ist mal wieder eine Spitzenarbeit, Wagner. So könnte ich mir dieses Tier wirklich vorstellen. Allerdings wissen wir nicht, wie die Narbe verheilt ist und ob der Mann heute eventuelle einen Bart trägt. Ich finde es gut, dass Sie das Schwein direkt in beiden Varianten dargestellt haben. Dann können die Zeitungen die Bilder direkt nebeneinander veröffentlichen. Wir werden auch das Fernsehen, das heißt, zumindest die Lokalsender einbinden. Vielleicht haben wir wieder Glück, so wie beim letzten Mal.

Nun werden wir in verschiedenen Teams daran arbeiten, eventuelle Arbeitgeber zu ermitteln. Dazu suchen wir im Raum Köln und hier im Ruhrgebiet. Von irgendwas muss dieser Kerl schließlich gelebt haben. Krassnitz, Sie bleiben an den Ämtern. Vielleicht hat der sich ja doch im Gefühl der Sicherheit angemeldet. Wir holen uns dieses Schwein. Vergessen wir dabei nicht, dass er Frau Hollmann entführt haben könnte. Bisher hat sich das ja noch nicht bestätigt. Noch Fragen? Dann los.«

Wieder einmal sah Sven zufrieden auf seine Leute, die selbstständig die Teameinteilung vornahmen. Ein Gefühl, dass sich Karin in höchster Gefahr befand, hatte sich tief in seinem Inneren wie ein Geschwür festgesetzt. Der Hass auf den Täter wuchs ins Unermessliche.

»Der Kerl war uns nie so ganz geheuer. Erschießt ihn, sobald ihr den fasst. Wir brauchen wieder die Todesstrafe, damit sich dieses Verbrechervolk hier nicht breitmachen kann. Der sieht doch aus, wie ein Afghane, sofort umlegen.«

Diese und ähnliche Anrufe blockierten ab sofort die Leitungen, die für sachdienliche Hinweise freigeschaltet wurden. Den Männern des Ermittlerteams wurde unendliche Geduld und Ruhe abverlangt. Auch Sven war sich nicht zu schade, selbst Gespräche anzunehmen. Hin und wieder waren brauchbare Hinweise dabei, denen die Einsatzkräfte penibel nachgingen. Doch bisher blieb ihnen der Durchbruch verwehrt.

Der Tresen des Marktbrunnens war nur mäßig besetzt. Karla hatte ihrem Stammgast bereits das vierte Glas eingeschenkt. Sie wusste, wann sie ihn gewähren lassen musste und wann er plaudern wollte. Heute war Ersteres angesagt. Umso ärgerlicher reagierte sie auf die drei Burschen, die ihr Kartenspiel in der Ecke unterbrochen hatten und sich neben dem Kommissar aufgestellt hatten.

»Hi Bulle. Du fühlst dich scheiße heute, oder?«

Der Wortführer Manni war für Sven kein Unbekannter. Es wurde ihm nachgesagt, dass er groß im Zuhältergeschäft tätig war. Doch bis heute war ihm nichts nachzuweisen. War auch nicht seine Abteilung. Da hielt er sich raus, solange es zu keinem Mord kam. Karla näherte sich der Gruppe und fuchtelte mit dem Spüllappen herum.

»Lasst den Mann in Ruhe. Der ist heute bestimmt nicht dafür aufgelegt, Konversation mit euch zu betreiben. In meinem Laden macht ihr keinen Ärger, damit das klar ist.«

»Halt die Füße still, Karla. Reg dich wieder ab. Keiner macht hier Ärger. Wir wollen nur mit ihm reden.«

Sven sah ruhig in sein Glas und ergriff Karlas Hand. »Ist schon gut, Karla. Die sind schon in Ordnung. Es gibt keinen Streit.«

»Siehst du, alles paletti. Man wird doch wohl noch plaudern dürfen. Hör zu Bulle.«

»Lass den beschissenen Bullen weg, dann höre ich dir zu. Ansonsten verpisst euch wieder an den Tisch.«

»Ist ja nicht böse gemeint. Wir wollten dir nur sagen, dass uns das gewaltig stinkt, was dieses Arschloch in unserer Stadt treibt. Und dann auch noch mit Kindern. Wenn du Hilfe brauchst ... ich meine, wenn du den kennst und befürchten musst, dass der wegen Unzurechnungsfähigkeit in die Klapse kommt, sage Bescheid. Der muss bestraft werden, aber richtig. Dieses Dreckschwein soll nicht in einem Hotel untergebracht werden, wo das auch noch unsere Knete kostet. Den knöpfen wir uns vor. Bei uns halten übrigens alle die Augen und Ohren auf. Ist das bei dir angekommen?«

Ohne von seinem Glas aufzusehen, hatte Sven die Sprüche über sich ergehen lassen. Er wusste, dass dies keine leeren Versprechungen waren.

»Werde mich daran erinnern, Leute. Danke.«

Wenn diese Männer solche Ansagen machten, wollte Sven nicht derjenige sein, der ihnen zwischen die Finger geriet. Die Szene war gar nicht zimperlich mit diesen Killern und Vergewaltigern, da sie keine Übergriffe auf Kinder duldete. Außerdem mochten sie keine überhöhte Polizeipräsenz in der Stadt. Das störte ihre Geschäfte. Karla tauschte Svens leeres Glas gegen ein volles und verfolgte den friedlichen Abgang des Trios.

»Lass den Jungs mal die Luft aus den Gläsern, alles auf meinen Deckel.«

- *Kapitel 33* -

»Chef, wir haben da einen gewissen Cruivers, der behauptet, dass er unseren Mann für kurze Zeit in seinem Betrieb beschäftigt hatte. Adresse liegt bei Ihnen auf dem Tisch. Hörte sich vielversprechend an.«

»Danke, Hörster, werde mich selbst darum kümmern. Noch keine Nachricht von ...?«

»Nein, Chef. Das würden wir Ihnen doch sofort mitteilen.«

Sven holte sich die Website des Herrn Cruivers auf den Schirm und verabredete anschließend einen Termin.

Der Büro-Container, wo er Cruivers treffen sollte, befand sich am äußersten Ende der Riesenbaustelle. Wenigstens waren die letzten Meter des Weges mit Planken ausgelegt, was seinen lehmbeschmierten Schuhen jetzt aber auch nichts mehr nutzte. Traurig betrachtete er die ruinierten Treter, die zwar schon einige Jahre und eine Menge Kilometer auf dem Buckel hatten, aber zu seinen Lieblingsschuhen zählten. Auf sein Klopfen folgte ein tiefes Brummen, das er als ein *Herein* wertete. Hinter einem Berg von Papierstapeln und

Skizzen entdeckte Sven einen bärtigen Riesen, der fluchend den Telefonhörer auf die Halterung knallte.

»Alles Arschgeigen. Muss ich denn die gesamte Arbeit alleine machen? Wozu stellt man sich Fachleute ein? Die kommen von der Schule und glauben, dass sie die Weisheit mit Löffeln gefressen haben. Keine Berufspraxis, aber schon allwissend. Was gibt's? Kommen Sie mir jetzt nicht mit neuen Problemen. Ich habe für heute die Schnauze voll.«

Sven zückte wortlos seinen Dienstausweis und hielt ihn dem Menschenberg unter die Nase. Cruivers ließ sich in einen Drehstuhl fallen, der mit lautem Protest reagierte. Der Firmenchef zeigte auf einen Klappstuhl, den sich Sven heranzog.

»Sie sagten am Telefon, dass Sie den gesuchten Pehling eventuell kennen. Können Sie mir Näheres dazu sagen? Der hat doch bestimmt eine Adresse angegeben und Arbeitspapiere eingereicht.«

Cruivers griff nach der Zeitung, auf deren Titelseite die Phantomzeichnung prangte. Mehrfach tippte sein mächtiger Zeigefinger auf das Foto, sein Gesicht spiegelte Ärger wider.

»Diese miese Fresse kann man nicht einfach vergessen. Der kam eines Tages, kann so ein Dreivierteljahr her sein, einfach so in mein Büro und fragte nach einem Job. Ich hatte frisch diese Baustelle in Steele angenommen und brauchte Arbeitskräfte. Der Typ war zwar hässlich wie ein Oktopus, doch er sah danach aus, als könnte er anpacken. Also gab ich ihm den Job beim Gerüstbau.«

»Kann ich die Adresse und eventuell eine Telefonnummer von dem Mann haben? Hat er sich denn als Pehling ausgewiesen?«

»Ausgewiesen, ausgewiesen ... was glauben Sie, wie wir hier arbeiten müssen? Ich war froh, dass ich jemanden fand, der anpacken konnte.«

»Wollen Sie mir damit sagen, dass Sie den Kerl ohne gültige Papiere eingestellt haben? Dann haben Sie den auch nicht angemeldet, oder irre ich mich da?«

»Was wird das hier? Ich sage kein Wort mehr. Wollen Sie mir jetzt die Behörden auf den Hals hetzen, nur weil ich einem armen Menschen vorübergehend ein paar Euros habe zukommen lassen? Verpissen Sie sich jetzt, ich kenne den Mann überhaupt nicht. Den habe ich noch nie gesehen.«

Cruivers war aufgestanden und kam bedrohlich nah auf Sven zu, der aber ruhig sitzen blieb.

»Machen Sie halblang, Cruivers. Ich bin weder von der Gewerbeaufsicht, noch vom Arbeitsamt. Ich ermittle in einer Mordsache. Mich interessieren Ihre Schwarzarbeiter oder das Hinterziehen von Sozialversicherungsbeiträgen nicht sonderlich. Ich will diesen Mistkerl, sonst nichts.«

Immer noch zweifelnd an der Aufrichtigkeit des Kommissars, wich Cruivers zurück und wuchtete seinen Körper wieder in den Stuhl.

»Sie werden doch irgendwelche Unterlagen über den Kerl haben. Hatte der eine Adresse angegeben? Oder zumindest müssen Sie doch ein Konto von dem haben.«

»Mich interessierte die Adresse nicht, mein Lieber. Und die Kohle bekam der cash auf die Kralle, an jedem Freitag. Das heißt, zumindest solange das Dreckschwein seinen Job machte.«

»Was wollen Sie mir jetzt wieder sagen? Der ist nicht mehr hier beschäftigt? Wo ist der hin?«

Sven war aufgesprungen und lief wie ein wildes Tier durch den Container. Das durfte nicht wahr sein. So nah dran und dann rutschte ihm der Teufel wieder durch die Finger? Mit auf den Kanten abgestützten Händen blieb er schließlich vor dem Schreibtisch sehen.

»Der ist abgehauen, bevor ihn die anderen Kollegen lynchen konnten. Vor etwa drei Monaten hat ihn einer wegen seiner hässlichen Fresse, also wegen seiner Narbe etwas hochgenommen. Das passiert nun mal in Männerkreisen. Da ist dieser Irre total ausgerastet und hat ihm ein Stemmeisen in den Oberschenkel gerammt. Als sich die anderen auf ihn stürzen wollten, hat er denen eine komplette Ladung aus dem Feuerlöscher ins Gesicht geblasen. Fast die gesamte Schicht ist deshalb ausgefallen. Am liebsten hätte ich das Schwein umgelegt. Aber der hat sich vom Acker gemacht. Seine Kohle hat er nicht mehr abgeholt.«

Gebannt hatte Sven zugehört. Er setzte sich enttäuscht wieder auf seinen Klappstuhl.

»Das bedeutet, wir haben nichts. Durch Ihre Dummheit läuft dieser Serienkiller weiter da draußen rum und mordet nach Belieben. Ich werde noch wahnsinnig.«

»Mal langsam. Vielleicht hätte ich da noch ein As im Ärmel. Der hat vor mir und später auch vor den Leuten damit geprahlt, dass er sich ein Haus umbauen will und dafür die Knete braucht. Er könnte die Hütte für kleines Geld anmieten und nach Belieben umbauen. Ich meine, er hätte da was von Essen-Stadtwald erwähnt. Diese Bude sollte am Wald liegen. Mehr weiß ich auch nicht. Aber da ist noch mehr, Kommissar. Ich habe die Drecksau auf einem Foto.«

Sven war aufgesprungen und stützte sich wieder auf die Schreibtischplatte.

»Und damit kommen Sie erst jetzt raus? Wo ist das Foto? Mensch, das ist das Wichtigste überhaupt. Wir haben doch keine Ahnung, wie der Kerl im Augenblick aussieht. Ich brauche das sofort für die Fahndung.«

Cruivers Grinsen wurde breiter. Als Sven nach dem Bild greifen wollte, zog Cruivers es wieder zurück und sah Sven herausfordernd an.

»Nein, ich weiß nichts von Ihren Schwarzarbeitern, wenn Sie das meinen. Geben Sie schon her. Wann wurde das Foto gemacht?«

»Das hat mir einer der Leute gegeben, um ein Beweisfoto zu haben, dass eine Firma uns diesen Stapel Baumaterial mitten in eine Wasserlache abgestellt hat. Der Pehling hat das gar nicht mitbekommen. Den hätten sie niemals freiwillig auf ein Foto bekommen. Können Sie behalten, die Reklamation ist durch.«

- Kapitel 34 -

Er stand einfach nur da. Kein Muskel bewegte sich in seinem Gesicht. Selten hatte Karin derart beeindruckende Augen gesehen. Das tiefe Blau erinnerte sie an die Farben des Ozeans, wenn die Sonne ihn zum Leuchten bringt. Wäre nicht diese so auffällige Narbe zwischen Mund und Ohr gewesen, hätte sie diesen Mann als ausgesprochen attraktiv bezeichnet. Doch sie wirkte dadurch so bedrohlich, weil sie so ungewöhnlich schlecht verheilt war. Die wenigen Einstichstellen waren äußerst grob vernarbt und glühten feuerrot. Das konnte nicht die Arbeit eines Mediziners gewesen sein.

Langsam senkte der hochgewachsene, muskulöse Mann das Tablett auf den Tisch und drückte die Tür zu. Sein schwarzer Anzug zeigte Ähnlichkeiten mit der Sportklei-dung eines Karatekämpfers. Der gleitende Gang verstärkte Karins Vermutung, hier einen sportlich aktiven Mann vor sich zu haben. Mit auf dem Rücken gefalteten Händen schritt er vor der Wand auf und ab, ohne den Blick von Karin zu nehmen. Bei seinen ersten Worten zuckte sie zusammen.

»Sie sind nicht nur eine kluge, sondern auch eine schöne Frau. Ich kann den Kommissar gut verstehen. Er wird Sie sicherlich sehr vermissen.«

Karin versuchte gar nicht erst, ihn zu unterbrechen. Sie hoffte dadurch, dass er sprach, herausfinden zu können, was genau seine Pläne waren. Sie sah ihn ohne jede Feindseligkeit an und setzte sich im Schneidersitz auf das Bett.

»Ich habe Ihnen ein wenig Verpflegung mitgebracht. Sie werden Hunger haben. Es ist nichts Feudales, wie Sie es vielleicht gewohnt sind, aber es macht satt. Sie reden nicht viel? Ist das so, weil Sie unter einem gewissen Schock stehen, was ich sogar verstehen kann, oder weil Sie mir damit zeigen wollen, wie mutig und abgeklärt Sie sind? Ich denke mal nicht, dass es reine Überheblichkeit ist, die Sie schweigen lässt. Das könnte bei mir den Wunsch keimen lassen, dass Sie Ihre Zunge nicht mehr benötigen. Das möchten Sie doch bestimmt nicht. Also reden Sie bitte mit mir, Frau Doktor!«

Die letzten Worte kamen mit einem gefährlichen Unterton, der Karin hellwach werden ließ. Der Mann verstand es, Worte als Waffe zu nutzen. Das wurde ihr mit einem Mal klar.

»Sagen Sie mir, warum ich? Sie werden wissen, dass ich in Ihren Fall durch meine Tätigkeit involviert bin und daher weiß, dass ich nicht grundsätzlich in Ihr Beuteschema passe. Ich bin mindestens fünfunddreißig Jahre älter als Ihre üblichen Opfer. Außerdem besteht auch nicht annähernd eine Ähnlichkeit zum Typ der Mädchen. Zufall? Nein, das ist kein Zufall, dass Sie mich ausgewählt haben. Verraten Sie es mir. Ich möchte wissen, warum ich sterben soll.«

Der Killer hatte sich den Stuhl herangezogen, sich mit der Lehne nach vorne darauf niedergelassen. Die harten Lippen zeigten sogar ein Lächeln, als er antwortete.

»So, so, Frau Doktor hat mein Exposé studiert und möchte jetzt Psychoanalyse betreiben. Das gefällt mir an Ihnen. Sie bleiben auf jeden Fall Herr der Lage. Oder sollte ich sagen, Frau der Lage? Egal. Wir werden Spaß miteinander haben. Warum Sie, möchten Sie wissen? Um es kurz zu machen: Weil ich damit Ihrem Verehrer zeigen kann, wie hilflos, wie verletzbar er doch in Wirklichkeit ist. Der riesige Polizeiapparat nützt ihm nichts, wenn ich ihm schaden möchte. In diesem Augenblick wird er fühlen, wie leicht es für mich gewesen wäre, ihn zu töten. Er möchte mich tot wissen, das ist mir klar. Er glaubt sich in der Position, über Gut und Böse entscheiden zu können. Das Böse auszumerzen hat er sich zum Lebensziel gesetzt. Ein hehres Ziel, davor nehme ich den Hut ab. Doch es ist der Kampf gegen Windmühlenflügel, denn das Böse ruht in jedem von uns. Und ich habe es perfektioniert.«

Karin überkam ein Déjà-vu. Diese These vertrat Sven ebenfalls, als er ihr erklärte, dass in den Menschen mindestens zwei Persönlichkeiten lebten und einen permanenten Kampf um die Vorherrschaft austrugen. Diese Männer hatten Gemeinsamkeiten, die erstaunlich waren. Brüder, zumindest im Geiste.

»Gut, Sie haben es ihm bewiesen. Sie haben dem Kommissar gezeigt, welch großer Geist Sie sind, wozu Sie fähig sind. Was bedeutet das für mich? Sie haben ihm sein Spielzeug vor den Augen der Öffentlichkeit gestohlen. Werden Sie es jetzt auch kaputtmachen ... so wie ein unartiges Kind es bei dem Brüderchen tut? Muss ich deshalb sterben?«

»Sie sollten es vermeiden, in Ihren Diskussionen Zynismus zu verwenden. Das beleidigt meine Intelligenz. Es ist Ihnen auch nicht würdig, gnädige Frau Hollmann. Sie wollen wissen, ob Sie sterben müssen. Da würde ich mal die pauschale Antwort geben: Ja. Das müssen wir alle ... früher oder später. Ob Sie durch meine Hand sterben werden? Das wiederum ist eine Frage, die ich Ihnen zum jetzigen Zeitpunkt noch nicht beantworten kann. Das werden Sie nicht verstehen können ... noch nicht. Aber wir haben Zeit, viel Zeit. Essen Sie und genießen Sie den Aufenthalt in diesem Etablissement. Wir werden bestimmt noch Freunde. Ich liebe hochgeistige Gespräche. Doch nun muss ich mich um andere Dinge kümmern. Sollten Sie einen Wunsch haben, morgen haben Sie die Gelegenheit dazu, mir diesen mitzuteilen. Schlafen Sie gut. Die erste Nacht ist immer die schlimmste.«

Die Tür schloss sich hinter einem Mann, der Karin mit vielen Fragen ratlos zurückließ.

- Kapitel 35 -

»Verdammt, gibt es denn nur noch Idioten auf dieser Erde? Das deutsche Volk verblödet mit jedem Tag mehr.«

»Was ist passiert, Chef?«

Krassnitz balancierte Svens obligatorischen Frühstückskaffee, versuchte die übervolle Tasse, ohne weiteren Schaden bis zum Schreibtisch zu transportieren. Erleichtert stellte sie Tasse und ein halbes Käsebrötchen vor dem Aktenstapel ab. Sven studierte den aktuellen Artikel der Blöd-Zeitung, der sich zum wiederholten Mal mit dem Tod des mutigen Reporters Kleber beschäftigte.

»Hör sich einer diesen Dreck an: *Zwei unerschrockene Journalisten unseres Hauses opferten ihr Leben, während sie an vorderster Front dafür kämpften, dass die ermittelnde Polizei endlich klare Beweise gegen den unmenschlichen Isenburg-Killer erhält. Haben die Behörden diese tapferen Männer wissentlich verheizt? Wir werden die wahren Hintergründe dieser Tragödie aufdecken.*

Da werden zwei selbstsüchtige Idioten von diesem Blödblatt heiliggesprochen, nur weil sie ihre Sensationsstory erzwingen wollten. Und uns stellt man als Schwachköpfe hin. Kein Wort davon, dass wir ganz nah an ihm dran sind. Verfluchte Drecksbande, der Teufel soll euch holen.«

Er knüllte die Zeitung zusammen und warf sie in den Papierkorb. Immer noch wütend griff er zur Tasse und schüttete prompt einen Schwall Kaffee über die Stadtkarte, die er vor sich ausgebreitet hatte.

»Scheiße, Scheiße, Scheiße ... ich leg mich wieder ins Bett. Dieser Tag ist schon jetzt gelaufen.«

Krassnitz zog die Schultern zusammen und schlich zurück an ihren Schreibtisch. Sie bemerkte noch, wie sich die Tür öffnete und die imposante Gestalt des Kriminalrats erschien.

»Wird nichts mit dem Bett, Spelzer. Wir sollen zum Alten kommen, und das sofort. Der scheint ein wenig stinkig zu sein. Los, los, schwingen Sie Ihren Body hoch! Der wartet nicht so gerne.«

»Was soll das hier sein? Stimmt das?«

Hacker warf die Zeitung auf seinen Schreibtisch. Das hagere Gesicht des kurz vor der Pensionierung stehenden Polizeipräsidenten hatte eine ungesunde Färbung angenommen. Spelzer und Fugger wussten, dass sie jetzt jedes weitere Wort sehr sorgfältig wählen mussten, um aus dieser Nummer unbeschadet rauszukommen. Sven fehlte allerdings diese manchmal so wichtige Diplomatie, was seiner Karriere im Präsidium schon oft im Wege gestanden hatte. Ihn störte es gewaltig, dass man ganz oben immer erst die Schuld bei den eigenen Leuten suchte, anstatt sich von vorneherein auf deren Seite zu stellen. Die öffentliche Meinung stand für die Führung stets an erster Stelle. Aus seiner Sicht fehlte der nötige Rückhalt, was viele notwendige Aktionen von

Anfang an verhinderte, obwohl sie erfolgversprechend wären.

Hacker, das wussten beide, traf sich häufig mit dem Leiter der Chef-Redaktion zum Golf. Dieser Besprechung war mit Sicherheit ein Telefonat der Leitwölfe vorausgegangen. Das bestätigte sich prompt in der folgenden Bemerkung.

»Ich höre, meine Herren. Ich hatte gerade ein Gespräch mit der Unternehmensleitung der Zeitung. Man versicherte mir, dass sich die Redaktion noch sehr zurückgehalten hat in den Formulierungen. Dafür bin ich auch sehr dankbar. Der Fall zieht sich eh schon viel zu lange und ergebnisfrei hin. Ich will jetzt eine Erklärung von Ihnen hören und möchte wissen, wie lange das Theater noch gehen soll. Die Öffentlichkeit hat ein Recht auf schnelle Klärung.«

Bevor Fugger zu einer Ausrede ansetzen konnte, vernahm er mit Schrecken, dass ihm Spelzer zuvorkam.

»Nichts davon ist wahr, Herr Präsident. Diese beiden Spinner haben die Gefahr gesucht und die Quittung dafür erhalten. Ich hatte vor Tagen Besuch von diesem Kleber erhalten, der mir Informationen, die er von dem Killer direkt erhalten hatte, sagen wir einmal, verkaufen wollte. Er übergab mir einen Drohbrief, den der Täter über ihn an mich gerichtet hatte. Dafür erwartete er die Exklusivrechte, wenn es um Ermittlungserfolge ging. Von dieser Aktion der beiden Irren, wussten wir nichts. Hätte ich das im Vorfeld gewusst, hätte ich die Wahnsinnigen in Schutzhaft genommen. Ich wehre mich vehement dagegen, dass unserer Abteilung einmal mehr der schwarze Peter zugeschoben wird.«

»Der Chefredakteur behauptet jedoch genau das Gegenteil. Er will von diesem Kleber erfahren haben, dass die nächtliche Verabredung in Abstimmung mit Ihnen laufen sollte. Nun steht für ihn fest, dass Sie, mein lieber Spelzer, den Mann ins offene Messer laufen ließen und ihm nicht den versprochenen Schutz geliefert haben. Das ist eine sehr bedeutende Anschuldigung, die ich unbedingt geklärt haben möchte.«

In Sven baute sich eine enorme Wut auf, zumal er jetzt auch den vorwurfsvollen Blick von Fugger auf sich ruhen sah. Es sprudelte einfach aus ihm heraus.

»Es tut mir leid, wenn Sie den Lügengeschichten Ihres Golfpartners mehr Glauben schenken, als Ihren eigenen Leuten. Was kann ich dem noch entgegensetzen? Ihre Meinung steht doch längst fest. Wenn hier ein Bauernopfer für diesen Vorfall gesucht wird, haben Sie ja bereits gefunden, was Sie suchten. Wenn Sie mich von dem Fall abziehen möchten, oder sogar eine Suspendierung in Betracht ziehen, stehe ich Ihnen zur Verfügung.«

Sven zog seine Marke und den Dienstausweis heraus, legte beides auf den Tisch neben seiner Dienstwaffe. Er wollte sich erheben, als ihn Fuggers Stimme wieder an den Stuhl fesselte.

»Spelzer, setzen Sie sich wieder! Sie sind doch wohl nicht ganz bei Trost. Ich lasse Sie doch nicht einfach so ziehen. Sie haben die Soko in vorbildlicher Weise geleitet und stehen kurz vor der Klärung. So einfach kommen Sie mir nicht davon. Wenn ein windiger Pressearsch Lügen in die Welt setzt, die unsere ganze Abteilung, nein, das gesamte Präsidium in Misskredit bringen soll, spiele ich nicht mit. Sie haben sich absolut nichts zuschulden kommen lassen. Alles, was Sie angeordnet haben, geschah mit meinem

Wissen und meiner Billigung. Ich war bei dieser ominösen Besprechung dabei. Nichts von dem, was da erzählt wird, ist wahr. Jetzt packen Sie in Gottes Namen Ihre Sachen wieder ein und führen den Fall zu Ende.

Herr Präsident, ist Ihnen eigentlich bekannt, dass dieser Killer möglicherweise bereits ein weiteres Opfer in seine Gewalt gebracht haben könnte? Wissen Sie, dass es sich um eine unserer Mitarbeiterinnen handelt? Das hat jetzt oberste Priorität, nicht die Hirngespinste Ihrer Golfpartner. Können wir jetzt endlich wieder unseren Job machen?«

Präsident Hacker saß wie vom Donner gerührt in seinem Ledersessel und zeigte durch den offenen Mund seinen akkuraten Zahnersatz. Fugger zerrte seinen Kommissar am Ärmel hoch und schob ihn ohne weiteren Gruß aus dem Büro. Zurück ließen sie einen sprachlosen Präsidenten.

»Danke.«

Der Fahrstuhl summte. Sven musterte seinen Vorgesetzten von der Seite und überlegte, warum er diesen Mann seit Jahren mit falschen Augen gesehen hatte. Ab dem heutigen Tag musste er seine Meinung gehörig revidieren.

»Halten Sie den Mund, Spelzer. Den Scheiß mit dem Golfpartner hätten Sie sich wirklich sparen können.«

Beide sahen sich grinsend an und blickten wieder auf die Digitalanzeige des Aufzugs.

- Kapitel 36 -

Die Aufregung fiel den beiden Ankömmlingen sofort auf, als sie wieder das Büro betraten. Hörster kam auf sie zu und übergab Sven einen Briefumschlag. »Kam vor zehn Minuten an. Wir haben noch nicht geöffnet, nur durchleuchten lassen. Der Hund hat auch nichts erschnüffelt, was gefährlich sein könnte.«

Sven nahm den braunen Umschlag vorsichtig mit dem Taschentuch an und legte ihn auf seinen Schreibtisch. Eine immer größer werdende Gruppe der Ermittler baute sich um ihn herum auf. Die Spannung war bei jedem Einzelnen spürbar.

Alle verfolgten, wie er den Brieföffner ansetzte und vorsichtig den Brief öffnete. Zum Vorschein kam ein unspektakuläres weißes Blatt Papier. Alle hielten den Atem an, als Sven die Nachricht entfaltete.

Ich habe einen neuen Gast, der hervorragende Manieren beweist. Die Frau Doktor wird mir unterhaltsame Stunden bereiten. Das aktuelle Bild in der Zeitung hat mir übrigens gezeigt, dass ich meinen Lieblingskommissar unterschätzt habe. Die Quelle für diese Aufnahme ist mir bekannt. Es

*wird bestimmt sehr anregend, wenn ich den Herrn, der Ihnen
das geliefert hat, dafür zur Rechenschaft ziehen werde. Wir
wollen doch keine Langweile aufkommen lassen, wo es doch
im Augenblick so gut läuft. Der Zeitungsbericht wird Ihren
Leistungen, das muss ich auch mal erwähnen, nicht gerecht.
Weiterhin viel Erfolg mit Ihrer Soko Isenburg.*

Niemand wusste so recht, was man von diesem Schreiben
wirklich erwartet hatte. Einerseits wussten sie jetzt, dass er
die Ärztin in seiner Gewalt hatte. Doch, wenn man seinen
Worten Glauben schenken wollte, bestand im Augenblick für
sie noch keine akute Gefahr. Doch versteckten sich darin
Drohungen, die nur in einer Richtung klar und deutlich
waren. Was der Killer in Bezug auf Frau Hollmann genau
meinte, blieb ein Rätsel. Keiner wagte in diesem Augenblick
eine Prognose. Fugger entspannte die Situation, indem er das
Wort ergriff.

»Kollegen, der Kerl hat einmal mehr sein Ego streicheln
wollen. Wir sollten der Nachricht nicht zu viel Bedeutung
beimessen. Mir sagt das lediglich eins. Frau Hollmann ist in
seinen Händen, was mich sehr traurig macht. Jedoch scheint
es ihr noch gut zu gehen. So interpretiere ich wenigstens
diese Bemerkung zu Anfang. Allerdings müssen wir diesen
Cruivers, so hieß meines Wissens doch Ihr Informant, in
Schutzhaft nehmen. Die Drohung ist eindeutig. Hoffentlich
ist es noch nicht zu spät. Leute, wir sollten ihm einen Besuch
abstatten. Machen wir weiter. Und den Brief sofort zur
weiteren Untersuchung.«

Sven blieb noch einen Augenblick sitzen, während um ihn
herum wieder Bewegung in die Mannschaft kam. Vorsichtig
löste Hörster den Brief aus der Hand seines Vorgesetzten.

»Ich bring das Schreiben rüber zu Ruhland, Chef.«

Sven nickte völlig abwesend und griff nach seinem Mantel. Er musste Cruivers warnen.

Svens Wagen rollte vor der Baustelle aus. Auf den Gerüsten des Gebäudes tummelten sich Heerscharen von Arbeiter, die Folien an den Scheiben befestigten. Er kannte den Weg zum Baucontainer, in dem er den Chef finden würde. Vorsorglich hatte er sich Gummistiefel in den Kofferraum gepackt, um auf solche Einsätze zukünftig besser vorbereitet zu sein. Es war mühsam, durch den saugenden Schlamm zu marschieren. Endlich hatte er den Weg vorbei an Baumaschinen und Material geschafft, blieb vor der Eisentür stehen. Da er glaubte, bei dem Baulärm das Herein überhört zu haben, schlug er noch kräftiger gegen die Tür. Schließlich drückte er die Klinke herunter. Der Container war verschlossen.

»Kann ich Ihnen helfen?«

Die tiefe Stimme kam von der Seite und gehörte einem in einen Overall gekleideten Mann, der sich den gelben Schutzhelm in den Nacken schob.

»Wenn Sie zum Chef wollen, kommen Sie etwa eine Stunde zu spät. Der ist zu einen Termin raus. Neuer Auftrag, Sie verstehen? Kann ich Ihnen helfen, oder muss das unbedingt der Chef selber sein?«

Sven fingerte eine Visitenkarte aus der Tasche und reichte sie dem Vorarbeiter. Der starrte auf die Karte und pfiff.

»Scheiße, ist was Schlimmes passiert? Morddezernat bei uns, das hatten wir auch noch nie. Kann ich ihm irgendwas ausrichten, wenn er wieder eintrifft. Das kann nicht lange dauern. Der muss bis zur Bauabnahme wieder zurück sein. Die Auftraggeber und die Prüfer kommen um vierzehn Uhr.«

»Kann ich Herrn Cruivers vielleicht über das Mobilnetz erreichen? Haben Sie seine Nummer?«

»Das wäre eigentlich kein Problem. Doch da werden Sie wenig Glück haben. Ich habe auch schon versucht, ihn zu erreichen. Der hat wohl zu dem Termin ausgeschaltet. Vorhin ging nur die Mobilbox dran, vor Minuten hatte er ganz ausgeschaltet. Das wird Ihnen nichts bringen. Sobald der wieder da ist, sage ich ihm sofort, dass Sie da waren. Okay?«

Noch eine Weile blieb Sven im Wagen sitzen, nachdem er die Schuhe gewechselt hatte. Sein Bauch meldete sich. Ein untrügliches Zeichen dafür, dass sich ein Drama abzeichnete. Kein Unternehmer, der vor der wichtigen Bauabnahme stand, schaltete sein Handy aus.

- Kapitel 37 -

Den ersten Teil der Nacht hatte Karin damit verbracht, über ihre Lage nachzudenken. Verzweifelt suchte sie den gesamten Raum ab, um eine Fluchtmöglichkeit zu entdecken. Schließlich gab sie auf und knipste das Licht aus. Es musste sich bei ihrem Versteck um einen Kellerraum handeln, der jedes Geräusch von außen isolierte. Das Gleiche geschah zu ihrem tiefsten Bedauern dann auch umgekehrt. Niemand würde sie hören. Hilfe war also nicht zu erwarten, auch wenn sie sich die Seele aus dem Leibe schrie. Nach mehreren vergeblichen Versuchen fiel sie endlich in einen traumlosen Schlaf.

Am Morgen hatte sie ein Frühstück bekommen, das aus zwei mit Käse belegten Brötchenhälften und einem großen Kaffeepott bestand. Das Essen stand plötzlich, ohne dass sie ihren Gastgeber zu Gesicht bekam, vor der Tür. Sie konnte sich durch das breite Gitter bedienen. Ihre Befürchtung, sie würde nach dem Toilettengang an ihrem Eigengeruch ersticken, bewahrheitete sich nicht, da der Mann sogar an einen Abzug gedacht hatte, der in die Decke eingebaut war. Allerdings zog dadurch diese aufdringliche Mischung aus Moder und altem Blut in den Raum. Irgendwann gewöhnte sie sich jedoch auch daran. Den anfänglichen Drang, das Essen wieder hochzuwürgen, lernte sie zu unterdrücken. Sie musste unbedingt bei Kräften bleiben.

Erst lange Zeit später hörte Karin wieder diese Schritte, begleitet von Gepolter. Sie meinte, dass da etwas Schweres eine Treppe hinuntergezogen wurde. Als dann endlich eine Tür zufiel, waren die Geräusche nur noch sehr schwach zu hören. Zwischendurch glaubte sie sogar, Stimmen gehört zu haben. Selbst als sie das Ohr an die Gitter presste, war kein klares Wort zu verstehen. Sie legte sich wieder auf das Bett und versuchte, zu dösen, einfach abzuschalten.

Der unmenschliche Schrei fuhr ihr durch alle Glieder und ließ sie mit angstgeweiteten Augen hochfahren. War es der Traum, in dem sie sich kurzzeitig befunden hatte, oder war es Realität. Sie lauschte. Nichts. Doch als sie sich gerade wieder entspannt hinlegen wollte, war es wieder da. Ein Klirren, als würden Ketten aneinanderschlagen. Dazu ein Knirschen, das ihr durch Mark und Bein ging. In dem Schrei, der jetzt folgte, drückte die gequälte Kreatur den gesamten Schmerz aus, dem sie ausgesetzt schien. Es war definitiv ein Mann, der seine gesamte Angst herausschrie. So etwas hatte Karin noch nie in ihrem Leben gehört. Schmerzensschreie kannte sie aus der Zeit, als sie in Kenia in einem Flüchtlingscamp, oftmals ohne ausreichendes Narkotikum, Menschen operieren musste. Doch das war nicht ansatzweise mit dem vergleichbar, was sie hier hörte. Hinter diesen Schreien verbarg sich der pure Wahnsinn.

Das Geschrei ging über in ein Wimmern, das jedoch immer noch schwach bis zu ihr durchdrang. Männerstimmen. Sie hörte klar Männerstimmen, wobei die Worte unklar waren. Fragmente von Sätzen wurden von einem Schluchzen begleitet. Sie glaubte einmal, das Wort Gnade verstanden zu haben. Dann waren sie wieder da. Markerschütternde Schmerzensschreie und ein dumpfes Klopfen. Das Kreischen, das an eine Winde erinnerte, ließ ihr Blut in den Adern gefrieren. Doch das Schrecklichste folgte erst jetzt. Die Stille, die in ihren Ohren stärker lärmte als die Schreie zuvor. Sie presste sich die Fäuste auf die Ohren und zog sich die Decke über den Kopf. Ihr Körper zuckte in Weinkrämpfen. Immer wieder schrie sie:»Aufhören! Hör auf damit!«

Sie zog die Beine hoch zum Körper und machte sich ganz klein. Ihr Weinen ging über in ein Wimmern, so wie sie es als Kind erlebte, wenn sie aus einem schlimmen Traum erwachte. Nur wusste sie damals, dass sie daraus erwacht war. Hier blieb dieser Traum real.

Sven, wo bist du? Du musst doch spüren, wo ich bin, wohin mich dieser Wahnsinnige verschleppt hat. Ich will doch nicht sterben, nicht jetzt. Bin ich die Nächste, der er Gewalt antut? Bitte, lieber Gott, lass es schnell vorbei sein, bitte.

Die Stimme direkt über ihr, erschreckte sie zu Tode. Sie kannte diese Stimme, die so ruhig und angenehm durch die Decke an ihr Ohr drang. Es passte einfach nicht zusammen. Diese Stimme, diese Augen konnten nicht zu der gleichen Person gehören, die vor wenigen Minuten einen Mann vielleicht zu Tode gequält hat.

»Warum fürchtest du dich? Niemand wird dir etwas antun. Das würde ich nicht zulassen, niemals. Du musst mir einfach vertrauen. Komm, sprich mit mir, steh auf.«

Er zerrte leicht an ihrer Decke, bis er ihr Gesicht sehen konnte, das Karin hinter hochgerissenen Armen versteckte. Fast zärtlich fasste er an ihre Handgelenke und zog sie sanft zurück. Immer noch hielt Karin die Augen fest geschlossen, hoffend, dass es nur ein Traum war, aus dem sie jeden Augenblick erwachte. Der Mann saß auf ihrer Bettkante und beobachtete sie, das spürte sie. Er trug den Geruch an sich, den sie sehr gut kannte. Den Geruch, der nur von einem ausging, vom Tod selber. Viele hundert Mal hat sie diesen Geruch kennengelernt, wenn die Verstorbenen vor ihr auf dem kalten Blech lagen. Das berührte sie nur am Anfang, aber auch heute noch, wenn es sich um Kinder handelte. Das hier war etwas völlig anderes. Vor ihr saß ein lebender Mensch, der diesen Tod brachte, ihn auf eine schreckliche Weise repräsentierte. Und dieser leidenschaffende Mann behauptete, dass sie sich nicht vor ihm fürchten müsse. Welcher Wahnsinn verbarg sich hinter dieser Tatsache?

»Es tut mir leid, dass du das mitanhören musstest, das war aber unvermeidlich und wird nicht mehr geschehen.«

»Das wird nicht mehr geschehen? Sind Sie denn völlig verrückt geworden? Sie meucheln nur wenige Meter entfernt von mir einen Menschen auf schlimmste Art und Weise. Nun verkaufen Sie mir, dass es unumgänglich war? Was geht in Ihnen vor?«

Karin hatte sich aufgesetzt und die Hand des Killers weggestoßen. Sie wusste, dass sie damit vielleicht einen fatalen Fehler beging, konnte die Emotionen jedoch nicht mehr unterdrücken. Alles in ihr wehrte sich dagegen, auch nur Ansätze von Sympathie für dieses Monster zu entwickeln. Er zog seine Hände zurück. In seinen Augen entstand eine Härte, die sie ängstigte. Der Mund bestand nur noch aus einem Strich. Das dauerte nur einen beängstigend kurzen Augenblick, dann zeigte sich wieder ein warmes Lächeln.

»Du weißt nicht, wovon du redest, Doktor Hollmann. Was weißt du wirklich über den Tod? Du erlebst diesen Zustand erst, wenn die Seele den Körper längst verlassen hat. Deine Kunden auf der Bahre haben den Tod längst hinter sich gelassen. Sie sind eine leere Hülle, nur noch Gewebe. Der wahre Tod ist der, der dir ins Gesicht lacht, kurz bevor deine Organe versagen. Der Übergang in den Zustand der ewigen Leere, das ist erhebend, das ist zutiefst beeindruckend. Alles was davor liegt, ist nur ein ständiges Warten auf die Erlösung.«

Karin konnte nicht glauben, was sie hörte. Der Mann glaubte wirklich, dass er mit seinen grausamen Morden den Menschen die frühe Erlösung brachte. Absurderes Denken war ihr noch niemals begegnet, obwohl sie während ihrer Studentenzeit häufig über Tod und Sinn des Lebens mit den Kommilitonen diskutiert hatte. Der Killer lebte in einem religiösen Wahn.

»Ich weiß, was du jetzt denkst, Karin. Der Kerl ist ein Spinner, ein religiös Verirrter. Er glaubt, Gott spielen zu können, Herr über Leben und Tod zu sein. Du irrst. Ich bestimme nicht, wer diese Welt verlassen muss, nein. Das tun die Menschen selbst. Ich bin nur der Sammler für diese üblen Gestalten. Sie zeigen mir durch ihre Art zu leben, ob sie es wert sind, den Tod hinauszuschieben. Das Dasein ist ein Geschenk, das nach Regeln gelebt werden muss. Verletzt du diese heiligen Gesetze, hast du bewiesen, dass du das Recht auf Weiterleben verwirkt hast.«

»Und was haben diese Kinder in den wenigen Jahren ihres Daseins Schlimmes getan, um die von Ihnen festgesetzte Strafe zu erhalten? Können Sie deren grausamen Tod ebenfalls mit Ihren Hirngespinsten rechtfertigen?«

Der Mann versteifte sich kurzzeitig, was Karin nicht entgangen war. Sie wusste, dass sie sich auf sehr dünnem Eis bewegte und den Bogen nicht überspannen durfte. Alles in Karin wehrte sich dagegen, mit diesem Monster weiter über ethische Werte zu diskutieren. Sie hasste ihn nicht, sie stand diesem Wesen, das vor ihr auf der Bettkante saß, nur mit absolutem Unverständnis gegenüber. Das war jenseits ihrer Vorstellungskraft, was diese Lippen an Unsinn formten.

»Sie bestimmen also, wer leben darf und wer es nicht wert ist. Haben Sie einen Arbeitsvertrag mit Gott abgeschlossen? Hat er Ihnen die Genehmigung dazu gegeben, diese Entscheidungen selbstständig zu treffen, oder arbeiten Sie eine Liste von ihm ab? Mich würde interessieren, welche Voraussetzungen ich haben muss, um in Ihren Augen weiter atmen zu dürfen. Führt mich die kleinste Abweichung von ihrem festgesetzten Weg, von Ihren Gesetzen schon in die ewige Verdammnis? Das ist einfach krank, total krank.«

Wieder zuckte es gefährlich in dem Gesicht des Killers. Karin wusste, sie hatte den Ritt auf der Rasierklinge gewählt. Doch hatte ihr Entführer Gefallen an der harten Auseinandersetzung gefunden. Sie spürte, dass sie sich kurz vor der roten Linie befand, die sie nicht überschreiten durfte. Sie änderte ihre Taktik.

»Was hat Sie tatsächlich in diese Rolle gezwungen? Sagen Sie es mir endlich. Alles andere sind doch nur Phrasen. Sie reden sich da etwas ein, wobei aber die Ursachen ganz woanders liegen. Ich möchte das verstehen können. Bisher sind Sie für mich nur ein Mörder, der seine niederen Instinkte an Schwächeren auslebt. Mehr nicht.«

Der Killer sprang auf, ballte die Fäuste, als wollte er sie schlagen. Doch plötzlich drehte er sich um und begann seine Wanderung durch den kleinen Raum. Seine Augen hatte er mal geschlossen, kurze Zeit später riss er sie weit auf und blickte zur Decke. Er führte einen inneren Kampf aus. Genau das war Karins Absicht. Sie wollte ihm seine Selbstsicherheit nehmen. Seine Reaktion kam anders, als sie es erwartet hatte. Er wendete sich ihr zu und seine Augen zeigten tiefe Traurigkeit. Sie sah einem anderen Menschen ins Gesicht, einem, der tief verwurzeltes Leid in sich trug.

»Du hast nie erleben müssen, was es bedeutet, wenn du deine Eltern lieben möchtest, sie es aber nicht zulassen. Schon als Baby erfuhr ich, was Schmerzen sind. Ich kann dir die Brandwunden zeigen, die meinen Kinderhintern schon früh entstellten. Ich konnte mir damals nicht vorstellen, dass es krank war, wenn eine Mutter ihr Kind auf die heiße Herdplatte setzt. Ich kannte nicht den Unterschied zwischen Gut und Böse. Das war für mich normaler Alltag. Die Zigaretten, die mir auf dem Rücken ausgedrückt wurden – sie waren für mein Verständnis völlig normal. Es waren meine Eltern. Sie taten eben, was alle taten. Das glaubte ich zumindest. Irgendwann waren Schmerzen normal, so wie Essen und Trinken. Wenn Mutter mich in der Wanne lange unter das Wasser drückte, musste ich es ertragen. Ich habe es ja auch überlebt.

Damals habe ich mir keine Gedanken darüber gemacht, warum mein Vater sie schlug. Er hatte schon früh erkannt, dass sie dem Wahnsinn verfallen war. Aber er tat nichts. Er trank nur, genau wie sie. Hätte sie es damals, als ich elf Jahre alt war, nicht übertrieben, hätte sie mich irgendwann sogar umgebracht. Sie stieß mir während eines Anfalls das Fleischmesser ins Gesicht. Vater konnte sie im letzten Moment zurückreißen. Sie hätte mich sonst getötet. Bis dahin liebte ich sie. Es war schließlich meine Mutter.«

Karin stellten sich die Haare an den Armen hoch, als sie sich die Szenen vor Augen führte. Sie beobachtete den Killer weiter, der sich wieder an den Tisch gesetzt hatte und mit den Händen sein Gesicht bedeckte. Sie unterbrach ihn nicht, als er fortfuhr.

»Die beiden haben sich fürchterlich gestritten, während mir das Blut aus der Wunde quoll. Vater hat mir dann ein Handtuch ins Gesicht gepresst und Mutter immer wieder angebrüllt, sie soll einen Arzt holen. Die hat aber nur ihre verfluchte alte Holzkiste geholt, in der sie ihr Nähzeug aufbewahrte. Mit einer Stopfnadel ... ach, du siehst das Ergebnis hier. Als die Wunde sich entzündete und zu eitern begann, hat Vater endlich vom Telefon der Nachbarn einen Krankenwagen angerufen. Später haben sie Mutter abgeholt und in eine Klinik eingewiesen. Da lebt sie heute immer noch – glaube ich zumindest. Vater ist einfach verschwunden. Habe ihn nie mehr gesehen.«

Nur das schwere Atmen des Mannes unterbrach die Stille, die jetzt eingetreten war. Karin hatte die Lebensbeichte des Mannes fassungslos aufgenommen. Keiner, der bei klarem Verstand war, konnte sich auch nur ansatzweise vorstellen, was dieser Mensch erleiden musste. Hätte sie nicht die jüngste Vergangenheit dieses Monsters gekannt, würde sie ihn in den Arm genommen haben. Sie schwankte zwischen Abscheu und Mitleid.

»Haben Sie Ihre Mutter jemals besucht in der Anstalt? Man hat doch Fragen, hofft auf Antworten? Ich hätte ohne Erklärungen nicht leben können.«

Der Kopf des Mannes schnellte dermaßen ruckartig hoch, dass Karin erschrocken bis an die Wand zurückwich.

»Niemals ... niemals hätte ich ihr in die Augen sehen können, ohne ihr ins Gesicht zu schlagen. Ich wollte sie umbringen. Sie sollte für das leiden, was sie mir angetan hat. Doch in dem Jugendheim ließ man mich nicht weg. Außerdem ging diese Folter dort weiter. Hast du jemals erleben müssen, wie grausam Kinder untereinander sein können? Das hast du sicher nicht. Du bist bestimmt in einem guten Elternhaus aufgewachsen, wo du geliebt und behütet wurdest. Du warst auch schön, hattest keine solche Narbe mitten im Gesicht. Immer wieder haben sie mich gedemütigt – immer wieder und wieder. Doch das tut niemand mehr ungestraft, da kannst du sicher sein. Ich nehme mir das Recht, die zu bestrafen, die Unrecht tun.«

In seine Augen trat wieder diese Eiseskälte, die Karin frieren ließ. Sie zog die Decke hoch bis unter das Kinn. Sie hörte sich die Worte sagen.

»Gehen Sie jetzt bitte. Ich möchte allein sein.«

- Kapitel 38 -

»Chef, wir haben uns mal die Zeitspanne vorgenommen, als der erste Mord hier in Essen geschah. Als dieser Pehling nach Essen zog, hat er doch bei diesem Cruivers davon gesprochen, dass er ein Haus im Stadtwald anmieten wollte. Nun sind wir hingegangen und haben in Zeitungen und auf Internetportalen nachgesehen, wer zu dieser Zeit sowas angeboten hat. Hausvermietungen sind ja nicht so häufig wie Verkäufe. Wir haben vier gefunden. Zwei Vermieter haben wir bereits erreicht und die Namen der derzeitigen Mieter abgefragt. Fehlanzeige. Ein Vermieter ist in der Zwischenzeit in die Schweiz umgezogen. Der andere befindet sich in einem Pflegeheim. Sind Sie damit einverstanden, wenn wir diese Häuser einmal von einem Beamten kontrollieren lassen?«

Sven hatte interessiert zugehört. Seine Antennen waren sensibilisiert. Er schüttelte den Kopf.

»Das halte ich für keine so gute Idee. Wir würden den Täter, vorausgesetzt, der wohnt tatsächlich dort, sofort alarmieren. Das könnte auch zu einer folgenschweren Kurzschlusshandlung führen. Bedenkt, dass zwei Personen sich in

202

seinen Händen befinden könnten. Die würden wir damit in Lebensgefahr bringen. Ich schlage vor, dass wir völlig unauffällig vorgehen. Einer aus dem Team soll sich zum Beispiel als Müllmann ausgeben und eine Erhebung über die Müllbehälter machen. Danach bestimmen wir die weitere Vorgehensweise. Ich habe Angst davor, dass Doktor Hollmann etwas zustoßen könnte. Regeln Sie das, Hörster. Anschließend möchte ich sofort in Kenntnis gesetzt werden. Übrigens, die Idee ist gut.«

Der Paketbote stoppte das Lieferfahrzeug direkt vor dem dunklen Haus, nachdem er den verschlammten Weg vorsichtig entlanggefahren war. Fluchend schüttelte er das Brackwasser von seinem Stiefel, mit dem er beim Aussteigen direkt in eine Pfütze getreten war. Ein Päckchen hatte er bereits vom Beifahrersitz gezogen und klemmte es sich unter den Arm. Er bewaffnete sich noch mit seinem Scanner und marschierte geradewegs auf die schwarze Haustür zu, an deren Seitenwand er unter Efeu versteckt ein Klingelschild ohne Namen freilegte. Erst nach dem dritten Schellen hörte er dumpfe Schritte, die sich näherten. Der Mann, der ihm die Tür öffnete, hatte fast sein gesamtes Gesicht mit einem Handtuch abgedeckt. Er rubbelte sich damit die Haare trocken. Das Wenige, das der Paketbote zu sehen bekam, knurrte ihm ein paar Worte zu.

»Was ist los, Sie haben mich aus der Dusche geholt?«

»Ich wollte bei Ihrem Nachbarn da drüben, also bei Familie Reinerts, ein Päckchen abliefern. Die sind nicht da. Könnten Sie so nett sein? Sie brauchen den Empfang nur hier quittieren. Wie war nochmal Ihr Name? Ich werfe bei Reinerts einen Zettel rein, dass das Päckchen bei Ihnen ...«

»Vergessen Sie das. Ich nehme für Niemanden Sendungen an. Ich bin kurz vor der Abreise. Das würde eh nichts bringen. Versuchen Sie es bei jemanden anderen. Und jetzt verschwinden Sie endlich, ich hole mir hier draußen noch den Tod.«

»Er war sich relativ sicher, Chef. Das Einwohnermeldeamt kann uns da auch nicht weiterhelfen. Und den Vermieter haben wir in der Schweiz noch nicht gefunden. Doch unser Mann meinte, dass der Mann ganz bewusst die rechte Gesichtshälfte abgedeckt hat. Er wollte partout nicht erkannt werden. Was machen wir jetzt mit dem Haus?«

»Das ist große Scheiße. Wir können da nicht einfach mit der SEK reinstürmen. Wenn er das nicht ist, zerreißt uns nicht nur die Presse. Und der Alte ganz oben fordert meinen Kopf. Ich lass mir was einfallen, Hörster. Danke.«

Hörster drehte sich ab, kam aber nach wenigen Schritten zurück und drueckste rum.

»Ist noch was?«

»Hören Sie, Chef. Wenn ich an Ihrer Stelle wäre und meine Freundin wäre von einer solchen Bestie entführt worden, wüsste ich, was ich täte. Ich meine damit nur Eines. Wenn Sie das vorhaben, was ich vermute, dann möchte ich ... nehmen Sie mich mit. Ich will dabei sein, wenn wir diesem Tier das Fell abziehen.«

Sven sah auf. So hatte er seinen Assistenten noch nie erlebt. Er kannte ihn bisher nur als eifrigen, gut kombinierenden Theoretiker. Diese Zivilcourage hätte er ihm niemals zugetraut. Er musste noch über seine weitere Vorgehensweise nachdenken. Dass sich seine Leute derart solidarisieren würden, hätte er nicht vermutet.

»Danke, Hörster. Ich danke Ihnen wirklich.«

Noch lange dachte er über Hörsters Vorschlag nach. Es wäre aber unverantwortlich, diesen Mann in eine Aktion hineinzuziehen, die ihm die gesamte Karriere verbauen würde. Ihm selber war es egal, was aus ihm wurde. Nur Karin war in diesem Augenblick wichtig. Sein Plan nahm klare Formen an.

Der Anruf der Wasserschutzpolizei traf am Nachmittag ein. Als Ruhnert mit seinem Team am Ort des Geschehens eintraf, sah er Kommissar Spelzer bereits mit versteinerter Miene am Ufer stehen. Die Luftblasen der Taucher, die eine Person aus dem Fahrzeug befreien mussten, platzten an der Oberfläche der hier schnell fließenden Ruhr. Ruhnert stellte sich schweigend neben Sven. Das Wasser wurde unruhig, als der erste Kopf eines Tauchers an der Oberfläche erschien.

»Wir brauchen ein Stemmeisen!«

Bevor Sven seine brennende Frage loswerden konnte, warf ein Feuerwehrmann dem Kollegen die Stange zu. Der Kopf verschwand wieder in der Schwärze des Wassers. Das Warten wollte nicht enden. Nach gefühlten Stunden bewegte sich wieder etwas an der Stelle, auf die Sven wie hypnotisiert gestarrt hatte. Sein blasses Gesicht zeigte eine Anspannung, die Ruhnert so an ihm noch nie gesehen hatte. Die Köpfe von nun vier Personen waren erkennbar. Ruhnert fuhr erschrocken zusammen, als sich die Arme des Kommissars mit einem erleichterten Aufschrei um seine Schultern legten.

Jetzt hatte auch er registriert, dass es sich bei der Leiche um einen bärtigen, großen Mann handelte. Auch er atmete kräftig durch.

Der Kranwagen der Feuerwehr hievte kurz darauf den roten Mini Cooper aus dem trüben Wasser. Die Taucher sicherten das Auto mit Seilen gegen ein starkes Schwingen. Sie hatten zuvor den Toten an die Kollegen übergeben. Sven identifizierte ihn schnell als Cruivers.

»Ist das ein gutes Zeichen, Ruhland? Sagen Sie es mir. Lebt Frau Hollmann noch? Hat das Schwein sie noch am Leben gelassen?«

»Ich würde Ihnen gerne Mut machen. Doch diese Bestie ist nicht berechenbar. Der Täter fällt aus jedem Muster raus, dem ich bisher begegnet bin. Ich weiß nicht, welches Ziel er tatsächlich verfolgt. Viele Jahre tötet er an einem bestimmten Datum. Jetzt dreht er durch? Das passt nicht zu ihm. Da ist etwas passiert, von dem wir noch nichts wissen.«

Während Ruhland über die Beweggründe des Killers philosophierte, untersuchte er die Leiche aus dem Mini.

»Der liegt maximal fünf Sunden im Wasser. Allerdings ist der nicht ertrunken. Der ist an seinen irrsinnigen Wunden langsam gestorben. Sehen Sie hier, Spelzer. Der Täter hat ihm die Zunge rausgeschnitten, so wie es die Mafia mit Verrätern macht. Dann hat er ihm noch die Brust direkt unterhalb der Rippen quer aufgeschnitten und das Herz rausgerissen. Dem Mann lief das Blut einfach in den Körper. Das Herz fehlt komplett, hier hängen nur noch zerfetzte Blutgefäße herum. Er könnte die Pumpe als Trophäe behalten haben. Das muss man ihm lassen, Ideen hat der Kerl. Nie langweilig mit ihm.«

»Ruhland, was ist denn mit Ihnen los? Hat Sie der Job so verroht, dass Sie schon Scherze über die Toten machen? Das sind ja völlig neue Züge an Ihnen.«

Der Leiter der Spurensicherung blieb Sven die Antwort schuldig und arbeitete weiter. Als er weitere Details mitteilen wollte, war der Platz, an dem noch vor Sekunden der Kommissar stand, leer. Er sah ihn die Böschung zur Westfalenstraße hochsteigen.

- Kapitel 39 -

Nichts hinter den dunklen Scheiben bewegte sich. Im Schutz des Nebels, der vor Stunden, bei Einbruch der Dunkelheit aufgezogen war, hatte sich Sven dem Haus genähert. In dem Umfeld des einsam gelegenen Gebäudes hätte sich eine kleine Armee verstecken können, ohne dass sie von einem Nachbarn bemerkt worden wäre. Von weit her erklang ab und zu das Geräusch von vorbeifahrenden Lastwagen. Sonst war nur das Fiepen der Ratten zu hören, die hier ein Paradies gefunden hatten. Abfall gab es reichlich, an dem sie sich gütlich tun konnten. Selbst mietfrei wäre Sven hier nicht eingezogen. Der Wald reichte bis dicht an das Haus heran, spendete Schatten, der selbst im Hochsommer die Feuchte im Gemäuer bewahrte. Der Schimmelgeruch bezeugte diese Tatsache eindeutig.

Einmal war er komplett um das ganze Haus geschlichen, um sicher zu sein, dass er keine Tür, kein Fenster übersehen hatte. Der wenige Meter entfernt stehende, kleine Schuppen enthielt nur Gartengeräte und Abfallsäcke. Es gab einen Treppenabgang in den Keller, aber auch zwei schräge Falltüren, die mit einem großen Schloss gesichert waren. Sie erregten seine besondere Aufmerksamkeit, da genau davor frische Spuren zu erkennen waren. Sie waren zwar wieder mit Laub abgedeckt worden, doch das hatte eine andere Färbung. Das geschulte Auge des Kommissars ließ sich nicht täuschen. Sven schlich von einem Fenster zum nächsten, prüfte, ob sich eines öffnen ließ. Keine Chance. Er tastete nach seiner kleinen Tasche, die ihm schon oft gute Dienste beim Öffnen von Türen geleistet hatte. Immer dann, wenn sie ihm durch Gesetz verschlossen geblieben wären. Der prüfende Griff zur Waffe gehörte zum eingeübten Bewegungsablauf. Sven hielt den Atem an, wollte sicher sein, dass dieses Haus tatsächlich verlassen war. Er horchte angestrengt. Nichts.

Aus seinem Täschchen fischte Sven den Elektropicker heraus, der ihm in Sekunden jedes Zylinderschloss öffnen konnte. Das Gerät hatte er sich in der Szene von einem Profi besorgt, der es nach dem Antritt zur Haftverbüßung lange nicht mehr brauchte. Hin und wieder hatte es ihm gute Dienste und schnelle Ermittlungserfolge beschert. Die Tür öffnete sich absolut geräuschlos. Ein krasser Gegensatz zum ansonsten verwahrlosten Zustand der Immobilie. Hier schien man großen Wert auf funktionierende Technik zu legen.

Schnell huschte er in die totale Finsternis und lehnte sich lauschend gegen die Wand. Nur sehr langsam gewöhnten sich seine Augen an die Dunkelheit, die fast undurchdringlich schien. Wieder konzentrierte er sich auf Geräusche im Haus. Lediglich das Anspringen des Kühlschrankkompressors unterbrach die Stille. Wieder tastete die Hand nach seiner Waffe. Der Bauch sagte ihm, dass er in diesem Haus im Augenblick nicht alleine war. Jeder Muskel war angespannt, da er jederzeit einen Angriff befürchten musste. Schritt für Schritt bewegte er sich auf den Raum zu, aus dem das Geräusch des Kühlschranks kam. Schwaches Licht drang durch ein kleines Fenster, das ihm die Umrisse eines Küchentisches zeigte. Unmengen an Lebensmittel lagen dort gestapelt. Der Rieseneinkauf war noch nicht in die Schränke verstaut und warf bei Sven die Frage auf, warum ein Single-haushalt dermaßen viel Proviant benötigte. Lebte der Dreckskerl etwa nicht alleine?

Die Gerüche der Lebensmittel überdeckten zumindest in der Küche den Modergeruch, der im Haus bestimmend war. Er würde diesen Gestank noch wochenlang in der Kleidung halten. Weiter. Die Zeit drängte, da Sven nicht wusste, wann der Kerl wieder eintreffen würde. Über eine knarrende Treppe bewegte er sich in die obere Etage. Auf dem oberen Treppenabsatz zog er vorsichtshalber die Waffe und zielte in jeden Raum, bevor er ihn inspizierte. Die Zimmer wirkten absolut unbewohnt. Verschiedenste Möbelstücke verteilten sich in totaler Unordnung in den Räumen. Hier konnte niemand schlafen, der noch das normale Seh- und Geruchs-vermögen besaß. Er war froh, als er wieder im unteren Dielengang stand. Das Zimmer hinter der Küche enthielt ein Bad, das erstaunlich sauber und aufgeräumt wirkte. Auch das Schlafzimmer wirkte bewohnbar, wenn man über die unordentlich zurückgeworfene Bettdecke hinwegsah. Sogar ein schwacher Duft eines herben Herrenparfums lag in der Luft. Der Kleiderschrank enthielt zumeist wetterfeste Klei-dung, wie sie von Jägern und Anglern bevorzugt wurde.

Nun begann die heikle Phase, da er sich in die Keller-räume bewegen wollte. Bisher hatte ihm die Besichtigung nur wenige Erkenntnisse gebracht. Die weiße Kellertür war neben dem normalen Schloss auffallend mit einem zusätzlichen Riegelschloss gesichert. Svens Sinne waren angespannt, als er auch diesen Widerstand mithilfe seines Spezialöffners brach. Steinstufen führten in die Tiefe, die kein Ende zu nehmen schienen. Absolute Finsternis verhinderte den klaren Blick. Nun musste er zum ersten Mal seine Stirnlampe um Einsatz bringen. Der Strahl der LED-Leuchte stach wie eine Nadel in das Dunkel. Er konnte einen schmalen Gang erkennen, der in der letzten Zeit wohl häufig benutzt worden war, da sich ein Trampelpfad auf dem vom Schimmel bedeckten Boden abzeichnete. Ein neuer Geruch mischte sich in den Modergestank. Es erinnerte Sven an die Rechtsmedizin. Hier fehlte nur die Chemie, der Geruch des Todes war jedoch allgegenwärtig. Er ist nicht zu beschreiben, denn nur der Tod riecht wie der Tod.

Er musste sich zwingen, den Gang weiterzugehen. Alles in ihm sträubte sich dagegen. Die Länge des Ganges irritierte ihn, da sie seiner Schätzung nach, die Länge des Hauses überschritt. Links und rechts von ihm führten Türen in einzelne kleine Kellerräume, die alte Möbelstücke und Gerätschaften beherbergten. Plötzlich sah er sich einer Stahltür gegenüber, die von außen durch einen Riegel gesichert war. Genau hier zögerte er einen Augenblick. Ein inneres Gefühl sagte ihm, dass er diese Tür nicht öffnen sollte. Gleichzeitig zwang ihn das gleiche Gefühl, die Hand auf die Türklinke zu legen und den Raum zu betreten. Ein grauenhafter Geruch schlug ihm mit voller Wucht entgegen, eine Mischung von Verwesung, Fäkalien und kaltem Blut. So musste es in der Hölle riechen. Sven machte einen Schritt zurück und atmete mehrfach tief durch. Nur mit Mühe konnte er den Brechreiz unterdrücken. Er presste sich das Taschentuch vor Mund und Nase, bevor er wieder einen Schritt nach vorne wagte. Der Lichtstrahl irrte durch einen Raum, der ihn an ein mittelalterliches Schlachthaus erinnerte. Es drängte sich ihm die Vorstellung eines Burgverlieses auf, in dem damals vielleicht Gefangene und Hexen gefoltert wurden. Die Kälte kroch ihm über den Körper.

Ketten waren an der Decke über Rollen befestigt und schaukelten über einer Liege, die anscheinend auch in ihrer Neigung verstellt werden konnte. Daneben ein langer Tisch, auf dem Werkzeuge lagen, deren Zweck Sven nur mit großer Mühe zuordnen konnte. Sie waren sauber und ordentlich angeordnet, wie in einem Operationssaal. Er fühlte, dass er mit diesem Vergleich auch ziemlich nah an der Wahrheit war. Der Lichtschein seiner Kopflampe huschte über ein Regal, in dem Gläser standen, die Inhalte in Flüssigkeiten beherbergten, die er nicht näher untersuchen wollte. Nicht jetzt. Er schrieb es seiner inneren Angst zu, dass sich genau in diesem Augenblick Karins Bild vor seinen Augen abzeichnete, die ihn mit schmerzverzerrtem Gesicht anflehte, ihn zu befreien. Seine Wut auf diesen Peiniger wuchs ins Unermessliche.

Mit klopfendem Herzen zog er die Tür wieder zu. Sein Verstand weigerte sich, den Gedanken anzunehmen, dass Karin auf diesem Tisch gelegen haben könnte. Sie lebte, sie musste leben. Er duldete keine Alternative dazu.

»Ich werde dich töten. Du bist es nicht wert, dass du die gleiche Luft atmest, wie anständige Menschen. Mit bloßen Händen werde ich dich langsam umbringen.«

Vor den Worten, die er leise vor sich hin geflüstert hatte, erschrak er selbst. Normalerweise konnte er seine Emotionen gut in den Griff bekommen. Doch das hier übertraf alles, was ihm bisher an Teufeleien und Unmenschlichkeit begegnet war. Das war kein Mensch, das musste Satan persönlich sein. Unentschlossen stand er vor der nun geschlossenen Tür. Machte es Sinn, in dieser Hölle weiterzusuchen? Was wollte er noch finden? Wie würde er reagieren, wenn er die Überreste von Karin in einer der Räume finden würde? Das Beste wäre, wenn er die Räume von seinen Leuten durchsuchen lassen würde. Später hätte er die Frage nicht beantworten können, warum er nicht der Vernunft gefolgt war und das Haus verlassen hat. Etwas trieb ihn weiter den Gang entlang.

- *Kapitel 40* -

Der Mann, der den Marktbrunnen betrat, war Katja bisher noch nie aufgefallen. Auch die Männer an den Tischen betrachteten den Neuankömmling prüfend. Die Gaststätte wurde durchweg von Stammgästen besucht, ein Fremder fiel hier sofort auf. In den gutbürgerlichen Kreisen hatte der Marktbrunnen keinen besonders guten Ruf. Der biertrinkende Biedermann mied dieses Lokal, da man immer mal wieder von kleinen Scharmützeln hörte, die hier auch in handfeste Schlägereien ausarten konnten. Die Gäste, genau wie Katja hatten einen Blick für Schnüffler der Polizei entwickelt. Sie wurden hier nicht gerne gesehen und ausgegrenzt. Da gab es nur eine einzige Ausnahme. Dieser Barhocker blieb heute jedoch leer. Der Gast schlenderte, sich intensiv im Lokal umsehend, auf die Theke zu. Er setzte sich ausgerechnet auf Svens Hocker.

»Ein Pils?«

Katja hielt ihre Begrüßungsrede bewusst kurz und ihr Gesicht zeigte nur wenig Freude über den Besuch.

»Ja bitte, Katja. So heißen Sie doch, oder? Jetzt gucken Sie nicht so erstaunt. Sie haben doch längst erkannt, dass ich ein Bulle bin. Sven Spelzer, das ist mein Vorgesetzter, hat mir von Ihnen erzählt, und davon, dass ich ihn häufig genau hier antreffen kann. Ist er heute noch nicht hiergewesen?«

Zur Unterstützung seiner Behauptung zeigte er Katja seinen Ausweis und beobachtete die Figuren am Tisch, die aufmerksam jede seiner Bewegungen verfolgten.

»Sven ist heute nicht hier. Sprecht ihr euch nicht untereinander ab? Warum suchen Sie ihn überhaupt? Der Mann hat doch auch mal etwas Privatleben verdient.«

»Das soll der Mann auch haben. Aber der Chef ist da völlig verkehrt gepolt. Der arbeitet noch in der Freizeit. Nur heute mach ich mir schon Sorgen.«

»Hören Sie, um den Mann muss sich keiner Sorgen machen. Der kommt schon zurecht. Ist das wegen dieses Serienkillers? Machen Sie sich deshalb einen Kopf? Verdammt, den Drecksack werdet ihr doch wohl bald haben. Der macht ja die ganze Stadt ruschelig.«

Hörster kippte sich ein halbes Pils auf einmal, um das Glas mit einem zufriedenen Schmatzen wieder auf dem Deckel abzustellen. Er griff in die Tasche und schob sich wieder vom Hocker. Er stockte mitten in der Bewegung.

»Lassen Sie mal, das geht aufs Haus. Finden Sie den verdammten Mistkerl, dann stimmt die Rechnung. Und passen Sie gut auf unseren Svenni auf.«

Als Hörster die Kneipe verließ, war das Interesse der Gäste an seiner Person bereits erloschen. Vor dem Eingang blieb er stehen und murmelte vor sich hin.

»Dieser Idiot wird doch wohl nicht ...«

Hörster suchte in seinem Mantel nach dem Telefon und wählte verschiedene Nummern durch.

»Martin, du hast die Adresse und kennst dich da in der Gegend gut aus. Du fährst vor. Die Anderen folgen. Noch könnt Ihr aussteigen. Die Aktion ist inoffiziell, das weiß jeder von euch. Also, letzte Gelegenheit. Ansonsten alle in die Fahrzeuge. Ich hoffe, dass mein Verdacht unbegründet ist. Wenn ja, umso besser wär's. Wir lassen den Chef nicht im Stich. Ist Krassnitz im Büro?«

Einer aus dem Kreis rief ein lautes *Ja* und stieg zu seinen Kameraden ins Auto. Der Autokorso, bestehend aus vier Fahrzeugen bewegte sich in den Essener Süden. Die Gesichter der Männer hatten einen harten Ausdruck angenommen. Niemand sprach. Hier ging es um einen von ihnen und um Doktor Hollmann, die von allen wertgeschätzt wurde. Auf einem Parkplatz in der Nähe der Renteilichtung stellten sie die Fahrzeuge ab und versammelten sich um Hörster. In drei Gruppen wollten sie in den Wald eindringen und das Gebäude, in dem sie diesen Pehling vermuteten, einkreisen.

»Ich werde mit meiner Gruppe von vorne kommen. Martin von rechts und Freddy mit seinen Leuten sichert von links. Ich will kein Wort hören. Es wird nicht ohne ausdrücklichen Befehl geschossen, außer bei akuter Gefahr. Also los Leute, jeder weiß, was er zu tun hat. Verteilt euch jetzt und lasst uns dem Drecksack den Arsch aufreißen. Dass mir keiner versehentlich den Chef umlegt!«

Das allgemeine Brummen um ihn herum wertete Hörster als klare Zustimmung. Die durchweg dunkel gekleideten Männer verschwammen Sekunden später mit der Finsternis des Schellenberger Waldes. Alle hatten ein Ziel, dem sich besser niemand in den Weg stellte.

- Kapitel 41 -

Ihm war flau im Magen, weshalb sich Sven mit der Hand an der Wand abstützte. Mit einem überraschten Aufschrei zog er sie sofort wieder zurück, als er in etwas Glitschiges fasste, das sich zusätzlich noch bewegte. Er wischte sich die Handfläche reflexartig am Parka ab. Für einen Moment verharrte er in absoluter Ruhe, um den Puls wieder auf Normaltempo zu drosseln. Wieder einmal stellte er sich die Frage, warum er sich auf dieses Abenteuer ohne Rückendeckung eingelassen hatte. Ihm fiel das Angebot von Hörster ein, das er ausgeschlagen hatte. Eine der vielen Fehler, die er seiner Selbstüberschätzung zuordnete. Atmung und Puls liefen wieder in geordneten Bahnen und gaben ihm den notwendigen Mut, sich weiter in das Ungewisse vorzutasten. Immer wieder der prüfende Griff zur Waffe. Seine Nerven waren zum Zerreißen gespannt.

Bei einem Blick zurück, musste er feststellen, dass die Steintreppe am Anfang des Ganges mittlerweile weit zurücklag. Der Gang lief also definitiv über die Grundmauern hinweg, Richtung Schuppen. Dieser Pehling hatte also vorgesorgt und sich einen zweiten Fluchtweg geschaffen.

Gut zu wissen, wenn seine Leute später zum Zugriff anrücken würden. Auf der linken Seite des Ganges bemerkte er eine weitere Tür, die jedoch mit einem Vorhängeschloss gesichert war. Im unteren Bereich erkannte Sven eine vergitterte Öffnung. Lautlos kniete er sich auf den Boden und leuchtete in den kleinen Raum. Er glaubte, ein Bett, Tisch und Stühle erkannt zu haben, aber keinen Bewohner des Zimmers. Und doch war er überzeugt davon, dass dieser Raum vor kurzer Zeit noch benutzt wurde. Das Öffnen des Schlosses wollte er sich für später aufheben. Nun war sein Jagdtrieb endgültig geweckt. Darauf bedacht, kein Geräusch zu verursachen, erhob er sich und suchte die Wand nach weiteren Türen ab.

Schräg gegenüber fand er das Pendant, mit dem Unterschied, dass die Tür lediglich mit einem äußeren Riegel verschlossen worden war. Sven ersparte sich das Bücken und zog geräuschlos den Riegel zurück. Zentimeter um Zentimeter drückte er die Tür nach innen und leuchtete in den finsteren Raum. Auch hier erfasste sein Blick zuerst einen Tisch, Stuhl und einen kleinen Schrank. In der Ecke konnte er sogar eine Toilette und ein Waschbecken erkennen. Hier spürte er definitiv Leben. Als wäre er vor eine Wand gelaufen, stoppte er. Was war das? Seine Sinne waren bis aufs Äußerste geschärft. Es war ... tatsächlich ... es war dieser Geruch. Ein Geruch, der ihm das Blut in den Adern anfeuerte. Karin? Hatte er sie gefunden? Weit stieß er die Tür auf, sodass er den Blick über den gesamten Raum hatte. In der Ecke gegenüber, wo er schemenhaft ein Bett erkannte, entstand Bewegung. Ein Mensch drehte ihm das Gesicht zu, das nackte Angst zeigte.

»Gehen Sie weg. Lassen Sie mich endlich in Ruhe. Wenn Sie mich töten wollen, dann tun Sie es doch endlich. Ich kann dieses ...«

»Karin ... ich bin es ... Sven. Dem Himmel sei Dank, endlich habe ich dich gefunden. Alles wird gut. Das verspreche ich dir.«

Karin war verstummt. Sie schien nicht glauben zu wollen, was sie soeben gehört hatte. Immer noch starrte sie mit angstgeweiteten Augen in die Richtung, aus der sie das grelle Licht blendete. Schützend deckte sie ihre Augen mit den Händen ab.

»Sven? Bist du es tatsächlich? Ich kann dich nicht sehen ... die Lampe. Komm näher.«

Mit fliegenden Händen riss sich Sven die Kopflampe aus dem Haar und legte sie so, dass sie in die Richtung der Tür leuchtete. Dann ging er mit ruhigen Schritten auf Karin zu, drückte ihren bebenden Körper an seine Brust. Lange hielt er sie so wortlos in den Armen, genoss ihren Atem, den Duft ihrer Haare. Das Zittern ihres Körpers wollte einfach nicht enden. Seine Hand strich beruhigend durch ihr Haar. Immer wieder kamen die tröstenden Worte über seine Lippen. *Alles wird gut. Alles wird gut.* Karin krallte ihre Hände in seinen Rücken. Den Schmerz ignorierte er. Dass er sie körperlich scheinbar unbeschadet wiedergefunden hatte, wirkte wie ein Betäubungsmittel auf ihn. Darin lag wohl auch der Grund, warum er nur verzögert reagierte, als Karins Körper erstarrte.

Es waren die dunklen Umrisse eines Mannes, der nun den Rahmen der Tür ausfüllte und dessen entstelltes Gesicht von der Lampe angestrahlt wurde. Dadurch, dass das Licht von unten kam, warf jede Falte einen Schatten, was die Szene noch unwirklicher erscheinen ließ. Eine bedrohlich wirkende Fratze blickte auf sie herab. Mit zwei Schritten war die Gestalt bei ihnen. Svens Körper versteifte sich, als er den Lauf der Waffe in seinem Nacken spürte.

»Ich muss gestehen, mit einem derart frühen Besuch meines Verfolgers hatte ich nicht gerechnet. Meine Hochachtung, Spelzer. Ich habe dich unterschätzt. Das ist rührend, wie viel Freude ein Wiedersehen bereiten kann. Damit meine ich natürlich euch zwei. Ich hatte mir das Treffen mit dir auf einen späteren Zeitpunkt terminiert. Du hast meinen Plan zerstört, Bulle. Das finde ich überhaupt nicht nett. Nein, ich bin sogar sehr böse deshalb.

Du wirst jetzt ganz langsam aufstehen, sodass ich deine Hände sehen kann. Lass sie los. Die Wiedersehensfreude ist zwar herzergreifend, doch es ist nun genug.«

Sven musste sich von Karins Händen, die ihn nicht freigeben wollten, mit sanfter Gewalt lösen.

»Was haben Sie vor, Sie Bestie? Sie dürfen ihm nichts tun, er gehört doch zu mir.«

Karins Stimme versagte den Dienst, brach völlig zusammen, als sie kraftlos auf das Bett zurückfiel. Selbst die Hände besaßen nicht mehr die Kraft, sich erneut in Svens Parka zu krallen. Sie weinte hemmungslos.

»Du holst jetzt mit zwei Fingern die Waffe aus der Seitentasche und legst sie vorsichtig auf den Tisch. Ich warte, mein Freund. Und versuch erst gar nicht, an eine Dummheit zu denken. Ich habe einen sehr nervösen Zeigefinger.«

Pehling war einen Schritt zurückgewichen und beobachtete jede von Svens Bewegungen. Als die Waffe endlich auf dem Tisch lag, presste der Killer seine Waffe wieder in Svens Rücken. Mit der anderen Hand tastete er den Körper des Kommissars ab. Sie fand auch den kleinkalibrigen Revolver, den Sven bei solchen Einsätzen, an der rechten Wade befestigt, mitführte.

»Allseits bereit, unser Superbulle. Respekt. Doch mich kannst du nicht täuschen. Aber ich muss gestehen, dass du der Erste bist, der mir folgen konnte. Es wird dir zwar nicht viel Nutzen bringen, doch zumindest genießt du vor deinem Abschied meine volle Hochachtung. Und darauf kannst du dir was einbilden. Lass uns beide jetzt hier verschwinden. Die Lady braucht ihre Ruhe. Sie ist ein wirklicher Schatz, den ich bewahren möchte. Du findest heute nicht mehr viele, ebenbürtige Gesprächspartner. Du drehst dich jetzt langsam um zu mir, dann gehst du zur Tür. Machst du auch nur den Versuch ... wird sie sterben. Meine Waffe zielt auf sie. Ist das klar?«

Sven hielt sich zurück, schwieg weiter. Er wollte den Wahnsinnigen nicht zusätzlich reizen. Ihn erfüllte der Zorn darüber, dass er so unvorsichtig war, und nicht auf seinen Rücken geachtet hatte. Wie ein Anfänger war er in eine Falle gelaufen. Während er die Arme hinter dem Kopf verschränkt hielt, überlegte er fieberhaft, wie er aus dieser verfahrenen Kiste wieder herauskommen konnte. Niemals würde er aufgeben. Dann wäre Karin für immer verloren und sie würde wegen seiner Dummheit leiden müssen. Sven studierte seinen Gegner, beobachtete jede seiner Bewegungen, suchte nach der kleinsten Unaufmerksamkeit. Er wusste, dass er diesen Pehling nicht unterschätzen durfte, zumal er mit seinem kräftigen, durchtrainierten Körper einen ernstzunehmenden Gegner darstellte. Er spürte die beeindruckenden Augen des Mannes auf sich ruhen. Immer hielt er den gleichen Abstand. Mit einer freien Hand tastete Pehling nach einem Lichtschalter. Es schmerzte in den Augen, als der Flur in helleres Licht getaucht wurde. Hinter Pehling verließ Sven das Zimmer, dessen eintretende Dunkelheit die Kontur von Karin nur noch erahnen ließ. In dem Augenblick, als die Tür zuschwang und sich der Riegel erneut davorlegte, durchschnitt Karins gellendes »*Neeeiin*« die Kellerräume.

Ein harter Schlag in Svens Rücken ließ ihn vorwärtstaumeln. Vorbei an den Zellentüren sah er die Steintreppe näherkommen, bis ein *Halt* ihn festhielt. Er befand sich genau vor der Tür, hinter der er die Folterkammer wusste. Alles in ihm wehrte sich dagegen, der Realität Raum zu geben. Das durfte einfach nicht geschehen.

»Was ist los mit dir, Bulle? Hast du mein Spielzimmer schon besichtigt, oder warum zitterst du? Keiner besitzt das Privileg, ewig zu leben. Das wissen wir beide doch. Irgendwann ist unsere Reise zu Ende, deine genau hier. Du wirst es genießen, glaube mir. Sterben ist eine Sache, das ist in der Regel sehr trivial. Du wirst das Werk eines Künstlers darstellen, wirst als Kunstwerk vor den Herrn treten. Tritt ein in meine Welt, die deinem nutzlosen Dasein einen Sinn geben wird.«

Wieder öffnete Sven den Raum des Schreckens, aus dem ihm sofort der Geruch des Todes entgegenschlug. Seine Hände bebten. Er musste sich eingestehen, dass ihn die nackte Angst vor den kommenden Schmerzen nicht nur im Denken lähmte. Jeder Schritt bereitete ihm Mühe. Aus den

Augenwinkeln verfolgte er die ruhig auf ihn gerichtete Waffe des Killers. Er dachte über die Möglichkeit nach, den schnellen Tod aus der Waffe zu wählen, um den vielleicht stundenlang andauernden Schmerzen zu entgehen. Der unbändige Lebenswille hielt ihn davon ab. Es musste eine letzte Chance geben. Die mit Spinnweben verhangenen Lampen erhellten nur notdürftig den Raum, ließen ihn aber überdeutlich die Umrisse des Folterstuhls erkennen.

»Die Hände auf die Armlehnen!«

Starke Lederriemen legten sich schmerzhaft um seine Arme. Sven war sich darüber im Klaren, dass ihm dadurch die letzte Chance auf einen Befreiungsangriff genommen worden war. Die Hoffnung sank mit jeder Sekunde, diese Nacht überleben zu können. Einmal durch eine Schusswunde sterben zu müssen, war schon ein Schreckensbild eines jeden Polizisten, aber das hier ...?

Die Angst verstärkte sich noch weiter, als die Beine an die Stuhllehnen fixiert wurden. Die Vorstellung, jetzt der Willkür des Wahnsinnigen komplett ausgeliefert zu sein, ließ Sven erahnen, was die Mädchen und die männlichen Opfer vor ihm, empfunden haben mussten. Seine Lippen versuchten, Worte zu formen. Sie widersetzten sich den Befehlen, die das Hirn aussendeten. Versuch um Versuch scheiterten. Wehrlos musste Sven mitansehen, wie Pehling zu einer Schere griff und sich damit beschäftigte, seine Kleidung aufzutrennen. Obwohl er sich nicht ganz sicher war, glaubte Sven doch, ein Summen zu vernehmen. Dieses kranke Schwein summte tatsächlich ein Lied, während er damit beschäftigt war, einen Menschen für den letzten Kampf vorzubereiten.

Der unbändige Hass auf diesen Mann drückte für einen Moment die Angst in den Hintergrund, die dennoch allgegenwärtig war. Wieder versuchte Sven, sich verständlich zu machen. Einzelne Silben formten sich, wurden zu Worte, zu ganzen Sätzen. Pehling hatte das letzte Kleidungsstück auf den Boden fallen lassen, stieß den Kleiderhaufen in den Hintergrund. Die harten Augen hefteten sich auf Svens Lippen, die nun endlich einen kompletten Satz geformt hatten.

»Warum tun Sie das? Es ... es wird Sie nicht retten, das ist sicher. Meine Leute kennen diese Adresse bereits und werden Sie jagen.«

Sven schluckte die wenige Spucke, die er noch besaß, herunter und versuchte weiter, das Unvermeidliche hinauszuzögern. Die Hoffnung war längst verschwunden, dass dieser Kerl sein Vorhaben aufgeben würde. Doch er wollte um jede Sekunde kämpfen, die er atmen durfte.

»Lassen Sie wenigstens Karin am Leben, versprechen Sie mir das? Geben Sie mir darauf Ihr Wort? Sie haben mich, das muss doch genügen. Warum sie auch noch?«

Pehling lehnte sich gegen den Tisch und beobachtete Sven. Dabei fuhren seine Fingerspitzen ständig über die tiefe Narbe.

»Hör zu, Bulle. Du hast noch immer nicht begriffen, dass du und diese Mistkerle vor dir lediglich Ballast seid, den ich aus dem Weg räumen musste. Nimm das Ganze nicht persönlich. Du bist für mich mittlerweile zu einer Gefahr geworden. Du genießt sogar meine Hochachtung. Das war bei dem Kleinert anders. Wie konnte dieser miese Wicht aber auch glauben, dass er mich auch nur annähernd imitieren kann? Niemals könnte er so kunstvoll töten, wie ich es vollbringe. Was hat dieser kranke, selbstverliebte Reporter, dieser Kerber, denn geglaubt? Er dachte wohl, dass er einem gewieften Kutscher noch das Knallen beibringen könnte? Er wollte auf meine Kosten seine Karriere vorantreiben, indem er mich in eine Falle lockt. Das wird keiner ungestraft tun dürfen ... keiner, sage ich! Du, Spelzer, machst lediglich deinen Job. Ich habe große Achtung davor, dass du das Leben dieser attraktiven Ärztin über deines stellst. Deshalb sollst du einen besonderen Tod sterben, einen, der deinem Mut angemessen ist. Du bist leidensfähig, das weiß ich.«

Pehling fühlte sich wohl in seiner Rolle als Prediger, das spürte Sven und wollte es für seine Zwecke nutzen. Obwohl sich seine Nackenhaare aufstellten, als der Killer eine Spritze in die Hand nahm, in die er eine Flüssigkeit einzog, sprach er mutig weiter.

»Mir geht es nicht so ganz ein, warum Sie Ihre Kunst in der Regel nur einmal pro Jahr zeigen. Sie hätten die Gelegenheit viel öfter gehabt, zu beweisen, wozu Sie fähig sind. Die Pausen geben mir Rätsel auf.«

Mit der Spritze in der Hand näherte sich Pehling seinem hilflos daliegenden Opfer. Fast schon Mitleid war in seinen Augen abzulesen, als er die Nadel der Spritze spielerisch über Svens Arm gleiten ließ. Er drückte einen Tropfen heraus und klopfte wie ein geübter Chirurg gegen das dünne Glas.

»Du hältst mich für einen kaltblütigen Killer, der einem animalischen Trieb folgend, wahllos Menschen abschlachtet. Ja, so habt ihr meine Kunst der Öffentlichkeit verkauft. Habt mich als gefühllose Bestie dargestellt. Ich habe gemerkt, wie der Mob meinen Kopf forderte, mich ans Kreuz nageln wollte. Das war euer Plan, mich zu verurteilen, bevor ihr die wahren Motive kennt. Typisch für die verrohte Gesellschaft. Ihr habt mir nie eine Chance gegeben, vom ersten Tag an nicht. Man hat mich verachtet, mich immer wieder weggejagt. Meine eigene Stiefschwester ... ach, lassen wir das. Sie hat es längst bereut.«

Trotz seiner misslichen Lage war Svens Neugierde geweckt. Er zerrte an den Riemen, ohne Hoffnung, davon freizukommen.

»Was geschah mit Ihrer Schwester? Sie haben mir immer noch nicht die Frage beantwortet, warum Sie nur diesen einen Tag gewählt haben. Kommen Sie, diesen einen Gefallen können Sie mir noch tun, bevor Sie mich ...«

»Halte das Maul. Meine Stiefschwester hat ihre Strafe erhalten. Ich werde alle von dieser Erde ausrotten, die am vierundzwanzigsten November geboren wurden und diesem Miststück ähnlichsehen. Hast du das jetzt begriffen?«

Pehling war so nah an Sven herangetreten, dass dieser den Kopf zur Seite neigte, um dem Speichel zu entgehen, den der Killer in seiner Hassrede ausspuckte. Er hatte die letzten Worte mit einer solchen Inbrunst herausgeschrien, dass der Wahnsinn sein entstelltes Gesicht noch stärker verzerrte. Jetzt war er es, dessen Hände zitterten. Dennoch setzte er die Nadel an Svens Arm und drückte die Flüssigkeit in die Vene.

Svens Augen wurden Sekunden später glasig, sein Körper erschlaffte, lag ruhig und entspannt auf dem Stuhl. Mit einer wilden Bewegung riss Pehling die Nadel aus Svens Körper und warf sie in eine Ecke des Raumes. Dieser miese Bulle hatte ihn wieder an dieses Miststück erinnert, hatte alte Wunden aufgerissen. Er wollte vergessen und Rache üben. Keiner würde ihn davon abhalten. Die breite Klinge eines Skalpells lag plötzlich in seiner Hand und stieß herunter auf den schlaffen Leib des Kommissars.

- Kapitel 42 -

Als hätte man an einer Schnur gezogen, duckten sich die Männer hinter das niedrige Gehölz, das dieses unheimliche Grundstück eingrenzte. Der Pick-up war ohne Licht in den Weg eingebogen und hatte sie überrascht. Der völlig in Schwarz gekleidete Mann sah sich sichernd um, nachdem er ausgestiegen war. Er betrat das unbeleuchtete Haus durch den normalen Eingang. Danach blieb es vollkommen ruhig. Hinter den vorgezogenen Gardinen flammte kein Licht auf, das Gebäude verblieb in absoluter Dunkelheit getaucht. Hörster gab seiner Gruppe das Zeichen, näher ran zu gehen und einen Blick durch die Scheiben zu wagen. Nichts war zu erkennen, es gab weiterhin kein Leben in diesem Haus.

Martin, der die zweite Gruppe anführte, legte den Finger auf die Lippen und näherte sich einem im hinteren Bereich liegenden Fenster. Gekonnt setzte er den Glasschneider an, der fast geräuschlos um einen Saugnapf kreiste. Sein grinsender Partner nahm ihm das herausgetrennte Glasstück ab. Hörsters Hand fand sicher den Griff des Fensters und ließ den Flügel nach innen aufgleiten. Vorsichtig drückte er die Gardine beiseite und zog sich zur Fensterbank hoch. Schattengleich verschmolz sein Körper mit der Dunkelheit des Raumes. Geduldig wartete er, bis seine beiden Partner ebenfalls auf dem weichen Teppich neben ihm standen. Mit stummen Zeichen stimmten sie ihr weiteres Vorgehen ab. Sie glitten mit vorgehaltenen Waffen in den Flur und suchten die angrenzenden Räume ab. Im Parterre war nichts von Pehling zu finden. Martin fand die Eingangstür und öffnete sie einen Spalt. Hörsters Gruppe verteilte sich in dem unteren Flur. Die dritte Gruppe, das wussten sie, bewachte das Haus, sodass niemand unbemerkt das Weite suchen konnte.

Die offenstehende Kellertür erregte die Aufmerksamkeit der Männer. Zwei Beamte huschten über die Treppe nach oben, während der Rest sich hinter Hörster an der Kellertür aufbaute. Entschlossen betraten sie die steinerne Treppe, versuchten in der Tiefe, etwas auszumachen. Nur der schwache Schimmer eines Lichtstrahls, der unter einer geschlossenen Tür hindurch auf den Gang fiel, wies Hörster den Weg. Er hob die Hand, um die folgenden Männer zu stoppen. Stimmen. Das waren mit Sicherheit die Stimmen zweier Männer. Sollte der Killer nicht alleine hier wohnen, oder war es vielleicht sogar Spelzer, mit dem er sprach? Es blieb wieder ruhig, als Hörster das Ohr an die Tür legte. Da war es wieder. Er konnte jetzt sogar Wortfetzen verstehen. Vorsichtig drückte er gegen das Holz. Es gab nicht nach. Seine Hand umfasste seine Waffe fester, als er auf die Klinke drückte.

Lautlos öffnete sich die Tür und gab den Blick auf eine Szene frei, die Hörster das Blut in den Adern gefrieren ließ. Dieser gesuchte Pehling warf in diesem Augenblick etwas mit großer Wucht in die Zimmerecke und ergriff ein Skalpell, das er auf den Bauch des nackt daliegenden Kommissars ansetzte. Hörster hinterfragte gar nicht erst, warum sich dieser das ohne Gegenwehr gefallen ließ. Der Schuss peitschte durch die Kellergewölbe und wurde von einem gewaltigen Schmerzensschrei begleitet. Pehling knickte auf einer Seite ein und schnitt noch beim Fallen die Taille des Kommissars auf. Augenblicklich schoß ein Blutstrahl aus der Wunde, der den Killer mitten ins Gesicht traf.

Hörster stürmte, gefolgt von seinen Männern, in den Raum und zielte auf den kreischenden Mörder. Der zuckte, ungläubig auf den Beamten blickend, als ihm das Geschoss die Kniescheibe zertrümmerte. Seine Schmerzensschreie gingen unter in dem Durcheinander, das jetzt entstand.

Martin versuchte, Svens Blutung zu stoppen, indem er ihm eines der Tücher auf die Schnittwunde drückte, die unter dem Operationsbesteck sauber gestapelt lagen.

»Einen Notarzt, sofort einen Notarzt anrufen. Der Chef verblutet uns sonst unter den Händen. Und wir brauchen Verstärkung hier. Krassnitz soll das organisieren. Beeilt euch!«

Die letzte Bemerkung hätte er sich sparen können. Jeder aus dem Team wusste, was zu tun war. Sie teilten sich auf und untersuchten die anderen Kellerräume. Als sich die Tür von Karins Behausung öffnete, stürmte sie an den Männern vorbei – dorthin, wo sie die Stimmen hörte.

»Wo ist er? Wo ist Sven? Geht weg da, lasst mich zu ihm!«

Karin drückte die Männer beiseite, die Sven mittlerweile von den Fesseln befreit hatten. Jemand hatte ihm eine Decke aus den oberen Räumen geholt und ihn damit zugedeckt.

Martin drückte noch immer das Tuch fest auf die Wunde. Auf dem Fußboden lag der jammernde Pehling, der versuchte, seine Blutung mit dem Oberteil seines Anzuges zu stoppen. Sein Wimmern ging im Trubel der Rettungsmaßnahmen unter.

»Ich brauche einen Arzt. Ich verblute«, jammerte der Killer und sah hoch zu dem Mann, der ihm die Kugeln in die Beine gejagt hatte.

»Ich garantiere dir, du abartiges Dreckstück, dass du dich nie wieder im Leben ohne Rollstuhl durch die geschlossene Psychiatrie bewegen wirst. Eine Kugel in dein krankes Hirn wäre viel zu gnädig für dich gewesen. Glaube deshalb nicht, dass die kaputte Kniescheibe Zufall war. Du sollst für den Rest deines beschissenen Lebens wie ein Wurm auf dem Boden kriechen müssen und mit der Gewissheit leben, nie wieder einen Fuß in Freiheit bewegen zu dürfen.«

Hörster nahm das Grinsen und beifällige Gemurmel seiner Männer wahr. Während ihm jemand aus dem Team zustimmend auf die Schulter klopfte, blickte er besorgt in die halbgeschlossenen Augen des Kommissars. Karin versorgte mit zitternden Händen seine Wunde.

- *Kapitel 43* -

»Das, Herr Polizeipräsident, sind diejenigen, denen wir die schnelle Klärung des Isenburg-Falles zu verdanken haben. Der letzte Einsatz, der von mir autorisiert worden war, hat den brutalen Killer endgültig zur Strecke gebracht. Es ist bedauerlich, dass dabei der Einsatzleiter, Kommissar Spelzer, erheblich verletzt wurde und noch immer im Krankenhaus behandelt werden muss. Sie, Inspektor Hörster, möchte ich nun darum bitten, dem Herrn Polizeipräsidenten einen zusammenfassenden Bericht der letzten Ereignisse zu erstatten.«

Alle Blicke ruhten einen Augenblick auf Kriminalrat Fugger, da sie vermutet hatten, sich an dieser Stelle einen Anpfiff wegen des eigenmächtigen Handels einzufangen. Die Erleichterung machte sich in der Gruppe breit, was Hörster die nötige Zeit ließ, sich auf den Vortrag vorzubereiten.

»Als wir den Befehl des Kriminalrats erhielten, das Haus in einer nächtlichen Aktion einzunehmen, war bereits hieb- und stichfest bewiesen, dass es sich bei Pehling um den gesuchten Serienkiller handelte. Da wir damit rechnen mussten, dass sich die Kollegin Hollmann in seiner Hand befand, entschied Kommissar Spelzer, zuerst allein in das Haus einzudringen. Wir sollten kurz darauf folgen. Allerdings konnten wir zu dem Zeitpunkt noch nicht damit rechnen, dass uns diese Bestie bereits erwartet hatte. Er überraschte den Chef, fesselte ihn in seiner Folterkammer und setzte ihn dort unter Drogen. Wie wir dem Krankenhausbericht entnehmen konnten, befindet er sich mittlerweile außer Lebensgefahr.«

Hörster wartete ab, bis der leise Applaus verklungen war, dem sich sogar der Polizeichef zögerlich angeschlossen hatte.

»Wie ich schon sagte, er ist auf dem Weg der Besserung. Die Wunde in der Taille hat Gott sei Dank keine wichtigen Organe verletzt.«

Polizeipräsident Hacker beugte sich vor und ergriff zum ersten Mal das Wort.

»Hat denn die Kollegin, ich meine diese Frau Doktor Hollmann diese Tortur zumindest halbwegs gut überstanden? Und dann habe ich noch was gehört von einem besonderen Fund. Was hat es damit auf sich?«

»Frau Hollmann befindet sich ebenfalls in Behandlung. Zur Zeit ist noch schwer zu beurteilen, wie und ob sie dieses mögliche Trauma schadlos überstehen wird. Ich hoffe, dass ihr da unser Chef etwas Schützenhilfe leisten wird.«

Hacker sah sich irritiert im Kreis der Soko um, da er das Klopfen auf der Tischplatte nicht zuordnen konnte.

»Was den Fund betrifft. Der hat uns zu Beginn Rätsel aufgegeben. Sie sprechen bestimmt von dem Skelett, das sich in einem verschlossenen Raum befand. Unsere Forensiker sind mittlerweile der Meinung, dass es sich bei dieser mumifizierten Leiche um die Stiefschwester des Mörders handeln könnte. Eine gewisse Kerstin Harrer. Eine DNA-Analyse steht noch aus. Doch der Knochenbau weist zumindest auf ein Mädchen hin, das beim Todeseintritt etwa zwischen vierzehn und sechzehn Jahre alt gewesen sein musste. Wir nehmen an, dass Pehling sie tötete, und als Trophäe aufbewahren wollte. Allerdings ist es auch möglich, dass er sie einfach einsperrte und verhungern ließ. Ich persönlich würde mir wünschen, dass dieses verfluchte Teufelshaus einfach abbrennen würde. Da kriegen mich keine zehn Pferde mehr rein.«

Karin hatte den Morgenmantel gegen wärmende Straßenkleidung getauscht und sich auf den Weg gemacht, um Sven einige Gebäude weiter zu besuchen. Vor seiner Zimmertür blieb sie einen Augenblick stehen, um sich zu sammeln. Auch für sie war es nicht einfach, das Geschehene abzuschütteln. In der letzten Nacht brachen die Ereignisse trotz eines starken Schlafmittels brutal über sie herein, sodass sie fast die gesamte Nacht am Fenster stehend verbracht hatte. Sie mochte sich nicht vorstellen, wie es in dem Mann aussehen musste, der weitaus Schrecklicheres durchgemacht hatte.

Auf ihr Klopfen erhielt sie keine Antwort. Sie trat trotzdem ein. Sven lag mit geschlossenen Augen, an Schläuchen angeschlossen, auf seinem Bett. Nur sein Atmen und das Piepsen der Geräte erfüllte den Raum. Karin hob den Besucherstuhl an, um ihn vorsichtig neben dem Bett wieder abzusetzen. Zärtlich strich sie über sein Gesicht, das jetzt völlig entspannt wirkte. Ihre Hand versteckte sie dankbar lächelnd unter seiner, drückte sie fest.

»Schlaf dich gesund, mein Held. Ich warte auf dich. Alles wird wieder gut.«

Zu diesem Zeitpunkt wusste sie noch nicht, dass sie beide erst den Start in den Vorhof zur Hölle erlebt hatten.

Ende

- Nachwort -

Liebe Leserinnen und Leser

Hat Sie dieses Buch gut unterhalten und Ihnen die erwartete
Spannung geliefert?
Das hoffe ich sehr. Zwei weitere Romane aus meiner Feder
finden sie im Anhang, andere werden folgen.

Eine große Hilfe für andere Leser, aber auch für uns Autoren
ist stets eine von Ihnen verfasste Einschätzung. Der Leser
weiß dann, worauf er sich einlässt, der Autor bekommt einen
klaren Blick für die Gefühlswelt seiner Leser.
Ich würde mich über eine ehrliche Rezension freuen.

Persönliche Anmerkungen und ein Feedback können Sie mir
gerne unter harald2066@gmx.de zukommen lassen. Sie
erhalten garantiert zeitnah eine Antwort von mir.

Aber auch Mitglieder, die bei LovelyBooks aktiv sind,
können sich dort gerne zu meinen Büchern äußern.

Ich würde mich sehr darüber freuen, wenn ich Sie auch in
Zukunft spannend unterhalten dürfte.

Ihr H.C. Scherf

ISBN 978-3744873024

Als Taschenbuch und Ebook in allen Buchhandlungen und Online-Shops.

Inhalt:

„Gib diese Frau auf, denn die Zeit auf dieser Erde ist endlich ... besonders für sie."

Die Warnung ist eindeutig, die der erfolgreiche Schriftsteller Jan Hellman
in dem Umschlag vorfindet.
Niemals wieder hat er eine Verbindung eingehen wollen. Die Trennung von Claudia
saß noch wie ein Stachel in seinem Herzen. Sein Single-Dasein war beschlossen.
Doch das Schicksal hatte eigene Pläne gehabt. Sandra veränderte alles.
Jetzt aber hält er diesen Drohbrief in den Händen.
Bei Jan Hellmann und den eingeschalteten Ermittlern keimt der Verdacht, dass ihn der
Gegner gut kennen muss.
Lebt der Verursacher dieser Grausamkeiten in einem vertrauten Umfeld?
Ekelige Tierkadaver und weitere Drohbriefe verstärken die Angst.
Perfekt getarnt treibt der Täter sein perfides Spiel. Die Einschläge, die Opfer und
Polizei weiter rätseln lassen, kommen immer näher, werden immer brutaler.
Eine Liebe, an deren Erfüllung sich mit jeder gelesenen Seite die Zweifel mehren.
Eine Beziehung, die direkt auf den Vorhof der Hölle zusteuert.

H.C. SCHERF

THRILLER
Der Flug der Libellen

ISBN 978-3744869997

Als Taschenbuch und Ebook in allen Buchhandlungen und Online-Shops.

Inhalt:

Seit Jahren verschwinden Prostituierte im Ruhrgebiet.

Keine Leichen. Keine Spuren.

Nichts kann den Killer aufhalten.

Die erst 10jährige Andrea Lesbe und ihr gleichaltriger Freund leiden schon in der Schule unter Mobbing. Die Mitschüler machen ihnen das Leben zur Hölle.

Was die Kinder zu diesem Zeitpunkt nicht wissen können:

Ein Hurenmörder beginnt gleichzeitig sein perfides Werk.

Unaufhaltsam verbindet sich ihr Schicksal mit dem des irren Killers.

Als Andrea als Erwachsene wieder in ihre Heimatstadt Essen zieht, trifft sie nicht nur auf den einstigen treuen Freund.

Sie begegnet auch einem geheimnisvollen Fremden, der sie magisch anzieht.

Hauptkommissar Schlicht ermittelt mit seiner Soko seit 16 Jahren erfolglos im Fall eines vermissten Kindes und der beängstigenden Mordserie. Erst als der Killer die Abstände seiner grausamen Taten verkürzt, finden sich erste Spuren.

Damit das Geheimnis um den Serienkiller gelüftet werden kann, müssen die Beteiligten in den Vorhof zur Hölle hinabsteigen.

Erst dort begegnen sie der grausamen Wahrheit.

»Ein Thriller, der die schmale Kluft zwischen Normalität und dem menschlichen Wahnsinn spannend beschreibt.«

ISBN 978-1511436229

Als Taschenbuch und Ebook

Inhalt

Die beschauliche Idylle des Sauerlandes möchte der aus Kanada stammende Schriftsteller Patrick Schreiber eigentlich nutzen, um Depressionen und Alkoholprobleme in den Griff zu bekommen. Der Herbstwald offenbart ihm allerdings ein schreckliches Geheimnis und einen Serienmörder, der ihm weit überlegen scheint. Mit Gewalt wird er in einen Sog aus Mord, Lynchjustiz und Intrigen gezogen. Um diese ungewöhnlich brutalen Frauenmorde aufzuklären, schaltet sich der bärbeißige LKA-Mann Franz Kalkove ein.

Fehlende Spuren lassen die Ermittlungen lange ins Leere laufen. Weitere Morde können dadurch geschehen. Die Dorfgemeinschaft entpuppt sich als trügerische Fassade. Erst als sich diese beiden eigenwilligen Typen solidarisieren, scheint eine Lösung dieses Falles möglich. Dazu müssen Schreiber und eine alte Liebe aber erst durch eine wahre Hölle gehen.

Mit Wortwitz wird der Leser durch das Geschehen geführt, ohne dennoch auf den erwarteten Grusel verzichten zu müssen. Nach der Lektüre wird man die kleinen Orte und Wälder rund um das sauerländische Winterberg mit ganz anderen Augen sehen. Nichts wird mehr so sein wie vorher.

ISBN 978-3741275203

Als Taschenbuch und Ebook in Online-Shops und im Buchhandel

Inhalt

Täglich gibt es in Deutschland etwa vierzig Fälle von Kindesmissbrauch. Die Dunkelziffer ist jedoch höher, denn viele Opfer und ihre Angehörigen schweigen, aus Scham, aus Angst. Heilt die Zeit diese Wunden? Kann der Mensch erlittenes Leid vergessen? Tina muss sehr bitter erfahren, was es bedeutet, wenn Gespenster der Vergangenheit lebendig werden. Wohlbehütet aufgewachsen, begegnen ihr plötzlich Grausamkeiten, die sie sich nie hätte vorstellen können. Die Gräueltaten eines Sexualtäters verknüpfen sich unaufhaltsam mit dem Schicksal ihrer Familie.

Ein Thriller, der nicht loslässt. Er nimmt den Leser mit in eine Welt, die direkt neben uns existiert. Eine Welt, mit der viele Menschen selbst Erfahrungen sammeln mussten und es aus unterschiedlichsten Gründen totschweigen.

Der Autor möchte mit seiner Geschichte nachdenklich machen und zu Diskussionen anregen. Gibt es hier nur Schwarz und Weiß, nur Gut und Böse?

Eine Geschichte, frei erfunden, doch grausam nah an der Realität.

ISBN 978-3741226458

Als Taschenbuch und Ebook in Online-Shops und im Buchhandel

Inhalt:

Als Nicole Manfred Kirchner begegnet, glaubt sie, den Richtigen für ein bleibendes Glück gefunden zu haben. Als das Monster die Maske fallen lässt, ist es schon zu spät. Nicole muss einen sehr hohen Preis bezahlen: Sexueller Missbrauch, grausame Misshandlung und kriminelle Machenschaften treiben Nicole fast in den Freitod.

Ihr Weg kreuzt den eines älteren Mannes. Nun erfährt sie, dass es auch Menschen gibt, die Hilfsbereitschaft und Freundschaft über ihre eigene Sehnsucht nach Liebe stellen. Doch Manfred Kirchner ist nicht der Mann, der sein Opfer so schnell aus den Klauen lässt. Das Schicksal treibt ein makabres Spiel und zwingt zwei Menschen an die Grenze des Zumutbaren.

Wird Nicole sich befreien können? Erkennt sie das wahre Glück und greift danach? Kennt das Glück wirklich kein Erbarmen?

Der Autor lässt den Leser wie schon in seinen beiden vorangegangenen Romanen tief in die dunklen Seiten des menschlichen Zusammenlebens eintauchen und bietet viel Stoff für Diskussionen.

ISBN 978-3741261534

Als Taschenbuch und Ebook in Online-Shops und im Buchhandel

Inhalt

Vera und Peter Sobier genießen mit ihrem zwölfjährigen Sohn Patrick ein sorgenfreies Familienglück. Das endet abrupt, als der erfolgreiche Rechtsanwalt einen folgenschweren Verkehrsunfall verursacht. Patrick erleidet ein Schädel-/Hirn-Trauma und fällt in ein Koma. Peter Sobier kommt mit leichten Verletzungen davon und sucht verzweifelt einen Weg, mit seiner schweren Schuld leben zu können. Die Liebe zu Vera wird auf eine harte Probe gestellt. Die härteste Zerreißprobe ihres Lebens fordert den Eltern alles ab, denn das Schicksal kann grausam sein. Verzweiflung, Glaubenskonflikte und Hoffnungslosigkeit zerfressen den Geist des Vaters. Außergewöhnliche Signale, die der Sohn aus seiner finsteren Welt aussendet, verändern die Sicht aller Beteiligten.

Wird die Liebe der Eltern den vielen Prüfungen standhalten?

Hat Patrick eine Chance, jemals wieder zurück ins Leben zu finden?

ISBN 978-3741225383

Als Taschenbuch und Ebook in allen Online-Shops und im Buchhandel erhältlich.

Inhalt

Als der vierzehnjährige Claudio ungewollt durch einen Freund in die Drogenge-schäfte der ›Organisation‹ hineingezogen wird, beginnt sein Leidensweg. Verrat und Misstrauen bringen ihn in allergrößte Gefahr. Zu seiner eigenen Sicherheit muss er Kalabrien, Familie und Freunde verlassen. Auf sich selbst gestellt, begibt er sich auf den steinigen Weg nach Deutschland. Hier hofft er, sich aus dem Netz der Mafia, der Ndrangheta, befreien zu können.
Doch das Leben zeigt ihm mit aller Härte, was es bedeutet, der Vergangenheit entfliehen zu wollen.
Kann Claudio untertauchen in einer für ihn völlig fremden Welt?
Wird er eine Zukunft mit eigener Familie aufbauen können?
Findet er ›LA DOLCE VITA‹ auch in Deutschland?
Inspiriert von einer wahren Geschichte, schildert der Roman in ungeschönten Bildern, wie das Verbrechen versucht, ein Leben zu zerstören.
Ein Sumpf von Gewalt, Drogen und Korruption, aber auch tiefe Freundschaften begleiten den Jungen auf der Suche nach einer neuen Heimat.

ISBN 978-3741299056

Als Taschenbuch und Ebook in allen Buchhandlungen und Online-Shops.

Inhalt:

Alfred Reimann, dreiunddreißig, Single, gut aussehend, Jungfrau.
Bis heute lief das Leben des liebenswerten Finanzbeamten und seiner Teddy-
dame Bienchen in geordneten Bahnen. Noch weiß er nicht, dass sich dieser
Zustand mit dem Einzug der süßen Nachbarin Verena ändern wird. Ein glücklicher Umstand führt sie zusammen.
Seine Mutter ist davon alles andere als begeistert, denn in ihren Augen wollen
junge Frauen wie Verena nur das Eine. Und dieses Chaos wird sie zu verhindern
wissen!
Mithilfe von Verena und dem kauzigen Pfarrer Hollerberg stolpert Alfred in das
eine oder andere Abenteuer. Ob er auf den Reisen sein Glück findet, bleibt abzuwarten ... Ein rasanter Liebesroman mit dem gewissen Schmunzelfaktor.